Cortezas de naranja

Título original: *Tonas de laranxa*
En cubierta: © Olga Ternavska / Alamy Stock Photo
Diseño gráfico: Gloria Gauger
© Edicións Xerais de Galicia, S. A., 2012
© De la traducción, Manuel Lorenzo Baleirón
© Ediciones Siruela, S. A., 2024
c/ Almagro 25, ppal. dcha.
28010 Madrid.
www.siruela.com
ISBN: 978-84-19942-79-1
Depósito legal: M-3.780-2024
Impreso en Gráficas Dehon
Printed and made in Spain

Papel 100% procedente de bosques bien gestionados
de acuerdo con criterios de sostenibilidad

María Lorenzo Miguéns
Manuel Lorenzo Baleirón

CORTEZAS DE NARANJA

Traducción del gallego de
Manuel Lorenzo Baleirón

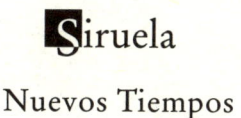
Siruela

Nuevos Tiempos

En memoria de Eusebio Lorenzo Baleirón

«Botou as cascas de laranxa ao mar».

ÁLVARO CUNQUEIRO

Prima

El olor sofocante del agua de lilas lo despertó de repente. Cuando Tristán Oliveira se levantó de la cama a las tres de la madrugada con el dulzor acre de aquella colonia en la garganta sabía que la difunta estaba allí. La relojera Aurora dos Santos acudía puntual al encuentro.

Desde las primeras apariciones andaba la familia desconcertada de no saber qué hacer con la abuela muerta. Se probaron sortilegios e invocaciones diversas y hasta vino el abad de las Junqueras a echar un largo responso en intrincado latín, salpicando con el aspersorio de plata cuanto rincón había.

Los demás no llegaron nunca a verla ni a escuchar su voz, aunque por desgracia estaban al tanto de sus extrañas ocupaciones. Cada noche repite un mismo ritual ajustando con precisión de orfebre los relojes de pared hasta dejarlos perfectamente acompasados: dos grandes Morez situados en los extremos del corredor, idénticos, de decoradas agujas y largos péndulos de varas rematados en una lira, con bajorrelieves en bronce dorado al mercurio, tan gastados que ya no se distinguen ni en uno ni en otro las figuras. Pero lo que venía a perturbar por completo la tranquilidad de los Oliveira era esa insistencia en desordenar los enseres más dispares, disponiéndolos en cualquier sitio de un modo confuso y fragmentario. Que si el trasvase de los cande-labros o de los volúmenes de la biblioteca, pero también la loza de a diario y los juegos de porcelana venidos de ultramar o los manteles de lino olorosos a membrillos en la oscuridad de los armarios. Otras prioridades tendrán los muertos, cavilaba resignado Tristán, encargado de lidiar con sus antojos e inquietudes, otros números que a noso-tros se nos escapan.

Una vez que daba por finalizados sus trasiegos, sentada en el sillón de mimbres de la galería, entre viejas macetas de begonias que permanecían allí desde que los cimientos de la casa se fundaran, la aparecida se demoraba algunas veces en desentrañarle al nieto los secretos del arte de los relojeros y la conversación discurría entre escapes de áncora, espirales o ristras de dentados engranajes, tratando de completar sus enseñanzas. Otras era contarle de las costumbres y afanes de los muertos, de los lugares por los que vagaban, de la fina membrana que se interpone entre su mundo y el nues-tro. Pero siempre acababa invariablemente por hablar de su marido Amaro.

A Aurora dos Santos la cautivaron el porte airoso y los versos que, de joven, Amaro Oliveira le escribía, aquel es-píritu suyo agreste y libertario, el entusiasmo con el que se entregaba a las aventuras más descabelladas. Llegó a enca-lar los ocho fresnos que crecen alineados en los ribazos del río Viejo, justo donde dan vuelta las aguas. Podó ramas, dibujó acanaladuras en los fustes y clavó capiteles de car-tón como cuernos de carnero encaramado en lo más alto. La noche de luna que la llevó a verlos brillaban igual que columnas de mármol. Un templo para Aurora en medio de la negrura de los bosques. Con la primera llovizna de la mañana siguiente reblandecieron los decorados de papel y la pintura se descompuso en largos chorreones por los troncos.

Aunque sus pensamientos iban y venían con el viento, lo que de verdad habría deseado Amaro Oliveira era poder navegar, pero le bastaba con poner un pie sobre la cubierta de un barco para sentir que todo se desmoronaba como un castillo de arena. Tras unos cuantos mareos y singladuras frustradas que nunca pasaron de las aguas tranquilas de la ría, no le quedó más remedio que aceptar de mala gana que su vida transcurriría en tierra firme, alejado de los azares del mar.

Todo empezó por una apuesta y una barca de madera de aliso, contrahecha, que construyó para su amigo Daosta. Aprendidos los rudimentos del oficio, vinieron otras: chalanas, gamelas, dornas, chalupas, botes, embarcaciones ligeras de todas las trazas imaginables. El huerto de las camelias de la casa grande de los Oliveira, para la que Aurora vino al casarse con él, despojado paulatinamente de arriates y parterres, se fue transformando en un cementerio de navíos naufragados en el tiempo y en los delirios de un marinero sin mar. Las rarezas no aminoraron con los años. Entre barca y barca se le podían ir los días pensando en las abubillas, dedicado a la cría de las arañas conforme a principios matemáticos, tratando de recuperar a su modo las decaídas manufacturas de la seda que habían sustentado la pequeña economía de Moreda, rastreando las pisadas de los ángeles o dibujando constelaciones en los espejos.

Con el marido distraído en las más inútiles y peregrinas actividades, Aurora estaba acostumbrada a tomar las decisiones importantes de la casa. Amaro fue saltando de una nube en otra sin que lo rozasen las tareas cotidianas a las que se dedica el común de los mortales, hasta que una tarde, después de embadurnar el remate piramidal del gran hórreo de piedra con un azul encendido que hacía rechinar los dientes, salió de casa, va para siete años, y nunca regresó. Era noche de San Juan. Los vecinos apilaban en las altas hacinas las ramas secas y los maderos viejos. A la hora en que sonó la campana de la iglesia para avisar de que faltaba Amaro Oliveira danzaban alrededor de las hogueras del solsticio.

Aurora dos Santos siempre había sido una mujer recia, de carácter; sin embargo, después de cinco años interminables esperándolo, sus ojos grises se fueron consumiendo como el pábilo de una vela gastada. Creyó poder encontrarse por fin con él en el más allá, pero tampoco sabían nada de Amaro entre los muertos. Ahora reparte su tiempo entre ambos mundos tratando de buscarlo y se le aparece al nieto en medio de los tiestos de las flores.

La noticia que a lo largo del día ha estado en boca de todos no es el regreso de Amaro, sino la vuelta de Amir Alfarat y de su hija. No se hablaba de otra cosa en la taberna y en los puestos del mercado. Distribuidas minuciosamente por las cuatro esquinas del salón en tinieblas las mancerinas de los chocolates y las escudillas del café y puestos en la hora justa los relojes gemelos, para sorpresa de Tristán, también Aurora se pone a conversar sobre lo mismo. Él la escucha un poco como quien oye llover. Se ha despertado con un intenso dolor de cabeza, quizás debido a lo tormentoso del tiempo, de nubes aborregadas y plomizas. Puede sentir el peso de cada una de las palabras que se desprenden de su lengua, raspadas con lija en el polvo áspero de la muerte.

En realidad, nunca se conocieron los motivos por los que abandonaron el pueblo sin aviso nueve años antes. Llegado de las tierras remotas de la India, Amir Alfarat poseía una próspera tienda de lámparas en los terrenos de la ribera y a veces se acercaba a charlar con su abuelo. El hindú era bien parecido, de anchos hombros, con un bigote de puntas engomadas, retorcidas como alambres de espino, ceremonioso en los gestos, pero de trato afable y cordial. Una tarde que vino con la pequeña Oriana, Amaro dejó por un momento sus quehaceres disparatados y se quedó observando con curiosidad los ojos de la niña. Apoyado en el brocal del pozo, dio un par de caladas al cigarrillo que se consumía sesgado en la comisura de los labios y concluyó que tenían el color de las calabazas silvestres que crecen por los campos de Moreda. Para proseguir desbastando los costillares de roble de las barcas mientras discutía sobre mares violetas como las borras del vino. Cosas suyas de las que nadie se extrañaba.

Aurora daba en evocar aquella tarde lejana bajo los grandes ramos de glicinias, el olor de la madera cepillada, la charla intrascendente con Amir Alfarat en el jardín. Esto es lo que echamos de menos cuando estamos muertos, le decía a Tristán. Dormir una noche entera a pierna suelta es lo que echaban en falta sus descendientes vivos. Entre cabeceo y cabeceo, el nieto se va viendo vencido por el sueño. Aurora no

15

intenta espabilarlo. Permanece frente a la galería, ensimismada con sus pensamientos y recuerdos, mirando por encima de la balaustrada de piedra que cierra la solana hacia la pica azul del hórreo. Cuando él abre los ojos ya no está. Su aliento frío ha dejado empañados los cristales. La casa recupera su silencio. Tan solo los pesados Morez oscilan en la penumbra sus péndulos regulados, siguiendo el ritmo de metrónomos inaudibles.

Tristán regresa al cuarto confundido. Se le ha aliviado el dolor punzante que le martilleaba las sienes, pero siente otro latido con el que no contaba resonando por los pasadizos de la memoria: O-ria-na, O-ria-na… Cuando los Alfarat se marcharon de Moreda andaba él demasiado entretenido con las hechuras de la estanquera Miranda Sabina para acordarse de una niña. Recostado en la cama, es incapaz de pensar en otra cosa que no fuesen las calabaceras de sus ojos. Escucha el ulular desganado de la lechuza posada en las ramas del olivo. Cuenta hasta sesenta, sesenta veces. Cuentas de relojeros. Se incorpora, camina con los pies desnudos sobre las tablas del sobrado. Crujen goznes y fallebas al abrir de par en par la ventana. Aprieta las tarabillas verdecidas por la herrumbre y aspira el olor de las naranjas. El nombre continúa ahí, como los nubarrones esparcidos por el cielo de Moreda.

Los de aquí están habituados a convivir con ese aroma que refresca de noche el dormitorio de Tristán. El mar, la ropa tendida, el vino tinto de la vieja Taberna de los Lobos; todo huele a naranjas. Y sin embargo hace mucho que no quedan naranjales. No los hay en la huerta de los Oliveira, la más grande del pueblo, ni en ningún otro sitio, pero es también lo primero que perciben los forasteros, antes incluso de alcanzar a ver de lejos la torre de la iglesia: un olor de azahar y bergamota llegado no se sabe desde dónde, que flota sobre las colinas circundantes y se confunde con el viento salobre por las calles. Como si Moreda estuviese rodeada por invisibles jardines de cidros y naranjos. Es entonces, según se van acercando, dando tumbos en el coche de caballos sobre las losas de la calzada real, cuando los ojos de los asombrados viajeros reparan, a su derecha, en una extensa pradera, cubierta de girasoles blancos.

Durante una noche entera cayeron del cielo las semillas, enormes, con una cáscara olivácea listada de franjas gris marengo. Se echaron cerrojos y postigos y todos se mantuvieron encerrados en sus casas. Rebotaban en los tejados con un ruido sordo, de insectos estrujados, que se detuvo con el despuntar del día en un silencio largo y tenso como la víspera de una batalla. Nada malo sucedió. Muchos de los imprevistos meteoros acabaron enterrados en el estercolero de la tierra reblandecida, salpicada aquí y allá por unos charcos semejantes a los que dejan las meadas de las vacas. A los pocos días brotaron las plantas. Al principio crecían sin prisa, lo que a las personas nos vienen aumentando las uñas, sus tres o cuatro centímetros por año, y luego más rápido hasta alcanzar la altura que ahora tienen, de un hombre y medio, más o menos. Lignificaron los tallos y las corolas se detuvieron ahí, cedazos de una albura cerosa y parafinada. Decenas de ferrados de las feraces vegas de Moreda, que fueron en un tiempo sementeras, al otro lado del río Viejo, infestados de blancos e inútiles girasoles.

Dormida en su habitación, la que ocupa el centro del corredor, frente a la puerta vidriera del salón, Helena Oliveira se estremece soñando con grandes peces negros que entran por la ventana del jardín. La ventana está cerrada y solo se abre en las noches calurosas de verano, pero los sueños son caprichosos y nos escogen ellos a nosotros. A sus nueve años, para no asustarla, no le explicaron nada de las apariciones. Si llega a preguntar quién se pasea de noche por la casa hablando solo, la culpa la lleva Tristán, el hermano sonámbulo.

En el cuarto contiguo se ha levantado el padre. No enciende la luz, busca a tientas la ropa y sale despacio, sin hacer ruido. Es así cada mañana. Un día se dio de bruces en el pasillo con el olor espeso de las violetas. El espectro no llegó a verlo, parpadeó la bujía que llevaba en la mano y sintió que lo atravesaba una de esas brumas que dan vueltas por las brañas. Los marineros son gente supersticiosa y desde entonces asoma antes de nada la nariz olisqueando el terreno para no volver a tropezarse con el aire de la suegra muerta. A esta hora, con el farol encendido persigue cangrejos de grandes pinzas coloradas por los fondos arenosos de la ría. Cuando regrese a puerto con los otros pescadores, los girasoles y los vecinos de Moreda estarán iniciando sus tropismos de a diario.

Un sol perezoso asciende sin apuro tras los Oteros del Aire. Le queda una hora al menos bajo el horizonte. No amanece todavía, pero ya el Tiroliro sube con su paraguas azul por la cuesta que emboca en el terrero de la Leña Verde. El gabán se lo regalaron los titiriteros que se acercan cada año con sus carromatos hasta estos pueblos del poniente. Él lo adornó con un revoltijo de insignias, de chapas de refrescos y medallas. Del san Julián de la iglesia copió los botones ovalados de cobre, y de los húsares de las cajas de cerillas, los galones y las charreteras escarlatas. La plaza sigue siendo de la misma tierra pisada de la antigua era comunal donde se dejaban a secar los cachopos para arder en la lumbre. De ahí le viene el nombre. Hace fresco y le bailan las condecoraciones de hojalata con la brisa del mar. Se sienta bajo un viejo castaño de Indias que da castañas de la envidia. Son amargas y ni siquiera las comen los puercos del herrero, pero la curandera Miranda Sabina hace con ellas amuletos para evitar maleficios y conjurar el mal de ojo. Por encima de los tejados se ciernen rebaños de nubes grises. Las casas son casi todas de dos plantas con la cal de los revocos mordida por la sal, dejando al descubierto las paredes de piedra desconchadas. Unas pocas están pintadas con los colores demasiado vivos de las barcas. Las hay que tienen pequeñas huertas con parras sostenidas por entramados de cañas, en las que están ahora reventando los renuevos en las vides. Sobre el rumor sordo y monótono del mar, como un bajo continuo, se escucha un ir y venir lejano de carretas. Más abajo arrancará pronto el alboroto de tenderos y comerciantes, pero por ahora no se avista nadie en la Plaza de los Arces. En el muelle los pescadores se desembarazan de las pesadas botas de caucho y de los trajes de agua, y se reparten las capturas. Dos o tres vuelven comentando los lances de la noche por el paseo de los tamariscos que discurre paralelo a la dársena. Las ventiscas del invierno han dejado los árboles mustios y sin hojas, como pavos desplumados. El Tiroliro y su paraguas forman parte del paisaje de Moreda, igual que los girasoles y el olor de las naranjas. Lo dejamos en la plaza desierta. El viento balancea sobre su cabeza los racimos de flores blancas. Nadie madruga en Moreda para ir a comprar relojes. Los pocos clientes de la relojería de los Oliveira proceden casi siempre de la ciudad o de las poblaciones y aldeas cercanas, pero mientras Aurora regentó el negocio, hiciese sol o lloviese, abría todos los días a las nueve en punto, como un clavo. Desde que empezaron a repetirse las visiones Tristán decidió darse un respiro y aprovecha una hora más entre las sábanas. Aun así, este sábado se levantó con el cuerpo derrengado, tras pasar buena parte de la noche en vela. Tenía las arrugas de la almohada marcadas en un lado de la cara, se restregó legañas de los ojos y bostezó sin mucho convencimiento. Tiró de leontina para comprobar que las manecillas de su Omega de plata indicaban la hora de los dos Morez todavía sincopados del pasillo. Saludó a su madre envuelta en la luz de invernáculo de la galería de azulejos, ocupada en el riego de las begonias entre las que se presenta Aurora: las aterciopeladas imperiales de grandes vetas esmeraldas y las más pequeñas, de rugosas hojas verdes, variegadas o purpúreas. Unas y otras han llegado hasta aquí después de brotes y de esquejes enterrados por eternidades de manos blancas en substratos de la misma turba negra.

Nube sobre nube, el ejército de cúmulos se ha ido arremolinando alrededor de la Plaza de los Arces. Las últimas barcas han regresado a puerto. Hay transeúntes caminando por las calles empedradas. Se dan los últimos retoques en los escaparates de los pequeños comercios para presentar las mercancías. Alguien varea una alfombra sobre un balcón enrejado. Dos pavos reales beben en el pilón de la Fuente de los Pájaros. Un ciclista que Tristán no reconoce lo saluda con la mano en alto. Se dirige a la relojería, apura el paso, continúa pensando en los comentarios de Aurora a propósito de los Alfarat. Todos recuerdan los días confusos en que se marcharon del pueblo. Venía de desaparecer Sofía Costa, aunque a nadie se le ocurrió pensar que un suceso tuviese que ver con el otro. A la vendedora de conchas la devolvió el mar a los nueve días al pie de los acantilados bermejos de Mainar. La descubrió el Tiroliro enredada en las algas, hinchada como su paraguas azul, entre los espumarajos de escollos y bajíos. De los Alfarat, hasta hoy, nunca más se supo.

A Tristán le daba lo mismo el retorno del lamparero y el de la dichosa Oriana, por llamativos y lucientes que fuesen sus ojos, con tal de que no volviese a entrometerse en sus horas de sueño. La única noticia que sigue esperando es el regreso de Amaro, que traerá también tranquilidad a la abuela muerta. Ignora por qué razones se perdió entre las fogatas del San Juan, pero está seguro de que sigue vivo en algún sitio. Algo muy poderoso se tuvo que haber cruzado en su camino para impedirle regresar a casa. Hubo quien quiso relacionar su ausencia con las magias del solsticio que divide el año, como una nuez, en dos mitades y es tiempo propicio para que por esa grieta se asomen maravillas y encantos, pero Amaro descreía de esas supersticiones. No en vano había pasado la vida enfrentándose a ellas y además tenía de sobra con las suyas. En medio de las inocentes trifulcas familiares, Aurora le decía que tenía más cuerda que sus relojes. Y estos estaban funcionando todavía. Aunque sus agujas habían soportado el peso de demasiado tiempo desde entonces.

En el largo verano en que faltó cuadrillas de vecinos rastrearon palmo a palmo los lugares más recónditos del Bosque de las Torcaces, bajo copudos robles, entre helechos jurásicos. Lo buscaron en el campo de los girasoles blancos y en los cañaverales de las Brañas de Laíño golpeando con largas varas matojos y malezas. Se rezó en los hogares el responsorio de san Antonio para hallar cosas perdidas: «Si buscas milagros, mira: muerte y error desterrados...». Como si fuese una sortija o una moneda de dos reales. Al ciego de Bustelo le dio por contar, acompañándose de los relinchos de un destartalado violín, su historia por las ferias. Quizás los Alfarat que ahora volvían después de tantos años supiesen algo de él. O tal vez no, porque Amaro había desaparecido de este mundo del mismo modo en que se habían desvanecido en otro tiempo los naranjos, como si lo hubiese tragado la tierra negra de Moreda.

Secunda

La familia de los Oliveira siempre había sido gente holgada y pudiente, de no pasar por excesivos apuros económicos. Antes de que se extinguiesen los ingenios de la codiciada seda, de la que fueron uno de los principales impulsores, ya ellos percibían sus pingües rentas. Después los tiempos giraron, cambiaron usos y costumbres, y el patrimonio, aun sin dilapidarlo, al no verse incrementado, se resintió como otros y había venido a menos. Aurora dos Santos conocía esos asuntos antes de casarse. Sabía que Amaro no era, hay que decirlo desde ahora, lo que se dice un hombre de hacer por vida, ni estaba dispuesto a doblar el espinazo, como si fuese desdoro trabajar la tierra, de la que decía con sorna que quedaba demasiado lejos para agacharse. Con esas perspectivas por delante, decidió abrir la tienda en la Plaza de los Arces. Pero tampoco la ayudaba con las labores de la relojería. Quizás por llevar la contraria, más bien renegaba de ellas. Sabido era de los antiguos que en la ociosidad el espíritu se extravía y engendra mil ideas diferentes. La pereza es hija del diablo y, no teniendo cosa mejor que hacer, iba y venía de una tarea a otra sin pararse en ninguna, igual que los vencejos que sobrevuelan la capilla de Santa Lucía, que pasan la vida en el aire sin posarse, cubren en vuelo a las hembras y se dejan morir en una ráfaga de viento. Tristán aprendió de él estas y otras curiosidades de los pájaros.

Durante una larga temporada Amaro estuvo convencido de haber escuchado las pisadas de los ángeles como si caminasen sobre paja seca por la bóveda del firmamento y pasaba las noches en lo alto del olivo con la oreja orientada hacia las celestes veredas. Colocó un gran número de espejos en la huerta para descubrir el paso de los furtivos mensajeros. Colgados del muro y de los árboles, arrimados a las barcas, incomodaban a las visitas y desorientaban a los pájaros, que veían repetidas sus imágenes en inacabables espejismos. Una noche de tormenta un rayo desgarró la rama más alta del olivo. Fue tal el estruendo que causó y se vieron tan multiplicados los relámpagos que hicieron salir huyendo despavorido al vecindario. Solo cuando Aurora, al día siguiente, harta de sus experimentos y convencida de que los espejos atraían las centellas al corral, se dispuso a hacerlos añicos armada con la tranca de una puerta, Amaro decidió trasladar lejos de casa sus ensayos especulares. Regaló los cristales a los vecinos para resarcirlos del susto y levantó un espejo enorme sobre los farallones de Mainar que resistió resquebrajado durante años en los despeñaderos.

Probó a producir seda de arañas, a las que echaba cada día su ración de moscas en curiosos habitáculos de pino negral, barnizados con trementina, construidos a tenor de las leyes del número áureo, que propician la armonía del hombre con los arácnidos y con el universo en general. Llegó a conseguir que Aurora le tejiese con los hilos recogidos un paño poco más grande que una moneda de un patacón, pero las arañas, que nada bien socializan ni saben de doradas proporciones, acabaron por devorarse unas a otras.

Se empeñó en cruzar las calabaceras bravas de frutos esmirriados que medraban entre los crisantemos por los terrenos incultos de Moreda, con los ejemplares exóticos nacidos de las semillas traídas por el contramaestre Daosta de la costa de Malabar. La nueva especie se adueñó en poco tiempo del huerto de los Oliveira y al ver que los tentáculos de los tallos pilosos y acanalados reptaban por las ménsulas del saledizo del balcón, decididos a seguir escalando los muros de la casa, Aurora degolló sin piedad con una hoz varias de ellas y cortó las extremidades más invasoras. Exudaban una resina glutinosa que difícilmente se desprendía de las piedras y las dejaba amarillentas y oxidadas. Cuando las supervivientes florecieron, algunas de las desmesuradas trompetas gatearon por el entramado de la pérgola y se enredaban en las ramas de las camelias. Unas cuantas fructificaron aposentadas en el suelo, con listas verdosas y anaranjadas, y crecieron hasta sobrepasar con creces la altura de las barcas. La mayoría de las calabazas sirvieron de comida durante semanas para la piara de cerdos del herrero, que se había hecho también porquero según iban disminuyendo los encargos en la fragua. La más grande de todas se la reservó Amaro. Dibujó sobre ella un meticuloso mapamundi con sus monstruos marinos asomando el hocico por encima de las olas, su rosa puntiaguda de los vientos y los continentes poblados de tribus en taparrabos y de bestias de todas las raleas imaginables: aves del paraíso, primates de culos bermellones como las cerezas del río Viejo, dos tortugas representadas en el instante de la cópula, peces voladores, osos polares, tigres de Bengala, paquidermos acorazados... Trazó en frondosas caligrafías los viajes del intrépido contramaestre Daosta y las rutas de olvidadas naves cargadas de naranjas que partían del puerto de Moreda. El magnífico ejemplar pesaba tanto que no conseguían alzarlo entre tres hombres, pero el tabernero Demetrio Lobos lo echó de una arrancada sobre los hombros y bajó por las calles como un Atlas. Todavía se puede ver en un rincón de la cantina del puerto. En el pedúnculo floral del polo norte, por el que Amaro tuvo que vaciar varias semanas más tarde la pulpa, que comenzaba a pudrirse, converge la armadura de los hilos meridianos que sostienen los continentes y las aguas.

Por encima de estas y de otras peculiares aficiones de Amaro Oliveira, que iban y venían con las mareas, estaban siempre las barcas. Si se le daba por ahí, medía el tiempo con ellas y hablaba de que faltaba una gamela para la feria caballar del San Martín o de que hacía casi media dorna que no llovía.

—Ya veremos si esta vida que tú llevas puede durar siempre —le repetía con frecuencia Aurora. Y duró. Hasta que se esfumó de viejo entre las pavesas y charamuscas del San Juan.

Con el padre persiguiendo cangrejos por la ría y la madre entregada a las faenas domésticas en el caserón de los Oliveira y en la huerta maltrecha por las andanzas de Amaro, tras la muerte de Aurora, Tristán decidió definitivamente hacerse cargo de la relojería, pero tenía mucho por aprender. Fue incapaz de ajustar con exactitud los dos relojes de pared. Era tener un batán dentro de casa, vivir en un campanario, con las duplicadas campanadas retumbando por los paredones como carracas del infierno. El joven relojero tomó la salomónica decisión de darle cuerda únicamente a uno de ellos. Cuando paraba, le tocaba al otro. Ahora, la abuela difunta había hecho que volviesen a sonar al compás los dos.

Ocupado en reparar la sonería de un oxidado reloj de chimenea, Tristán se había olvidado por completo de los Alfarat. Era media mañana cuando encendió un cigarro y salió a estirar las piernas por la Plaza de los Arces, en torno a la que se han ido amontonando en asamblea las nubes desperdigadas por el cielo.

En un extremo del recinto, en el que confluyen las calles principales de la villa marinera, con dos sartas de pétreas naranjas descolgándose por las jambas de la puerta, está el edificio del Ayuntamiento. Habida cuenta de la importancia que tuvo la seda para el pueblo y puesto que sus orugas surgieron por lo visto del cuerpo putrefacto de Job, Valerio Quinto, el que había sido el último regidor de Moreda, gran amigo de Amaro, republicano como él, en el frontón del consistorio, sobre el balcón semicircular de los discursos, mandó esculpir un escudo de piedra con el patriarca bíblico reclinado en el tronco de una espléndida morera de gran copa, como si hubiese quedado plácidamente dormido bajo su sombra y los filamentos que de él salen estuviesen elaborados con la propia sustancia de sus sueños.

En el centro de la plaza hay una estatua de bronce de tamaño natural en la que nunca se posan las palomas. Un viejo ángel medio encorvado con las alas entreabiertas brota de una laja de piedra entre el empedrado minucioso de los picapedreros. Nadie sabe de verdad quién es ni quién lo trajo.

Va calzado con unas alpargatas de esparto, que el escultor representó deshilachadas, y vestido con ropajes antiguos que no son de este tiempo. En la palma de la mano lleva posada una naranja. Si hemos de hacerle caso a las fabulaciones de Amaro Oliveira, la escultura es incluso más antigua que el pueblo y ha ido envejeciendo con los años, le han salido arrugas nuevas en los pliegues del metal manchados de una pátina profunda de tonos azulados, y se le van quebrando, igual que a las aves, las plumas remeras de las alas.

Enfrente de la casa comunal se yergue la iglesia. De la primitiva traza medieval conserva apenas la portada románica con una tosca epifanía esculpida en el tímpano. En los capiteles acodillados picotean parejas de aves ya desdibujadas. Ante la estatua sedente de la Virgen con el Niño en el regazo se postran los tres Magos. A su espalda los caballos permanecen atados a los boceles de las arquivoltas, aguardando pacientes. Todo lo demás se ha venido añadiendo con el correr de los siglos: el hastial con su polícroma vidriera, la torre lateral de las campanas y el gran retablo dorado que preside san Julián, el patrono del pueblo, con profusión de ornatos y molduras, características de las geometrías de los canteros y de los retablistas de estas tierras.

Bajo los arcos de la plaza de abastos va serenando el bullicio de quienes bajan a Moreda desde los arrabales y de distantes aldeas. Las patatas nuevas duraron poco en los cuévanos de varas. Se podían comprar, no obstante, manojos de las últimas nabizas del invierno, habas pintas y blancas o ristras de ajos tiernos, quesos de oveja y de vaca, pan de maíz recubierto de cortezas lunares. Hay además conejos de ojos granates y capones cebados, perniles y cabezas

28

de cerdo descoloridas. Las lecheras se atrincheran detrás de bidones y calderetas. Las pescaderas pregonan los mejores ejemplares capturados esa noche en las aguas de la bahía: ostras, almejas, nécoras, sepias, sardinas y verdeles.

Todas las vendedoras son mujeres. Algunas, las de más edad, llevan un pañuelo anudado a la cabeza como los cartuchos de las castañeras. Tristán se acerca a conversar con ellas. Ayer pasó por los puestos para ver las últimas lampreas de este año, apresadas entre contrafuertes de piedra en las pesqueras del río Grande, justo donde desagua el pequeño río Viejo. De niño le daban miedo. Todavía mira las sorprendentes criaturas con desasosiego; los siete opérculos y las ventosas de las bocas monstruosas, obras a medio hacer, amasadas con el fango que sobró cuando se hacía el mundo. Entra en la vieja librería. Hoy no es el caso, pero hay días que se entretiene en trashojar el *Arte de gobernar los reloxes por la equacion del tiempo* escrito por Medauro Grulla, en octavo, de 1792, o el *Arte de reloxes de ruedas, para torre, sala, y faltriquera* de la autoría de fray Manuel del Río, en la edición príncepes de 1798, con grabados calcográficos de Cipriano Maré, espléndidas muestras de la altura que había alcanzado la sublime ciencia de la relojería, guardados como oro en paño por el propietario del local, un librero de viejo portugués que tocaba algo en la familia paterna de Aurora dos Santos, venida de ese país. Quizás por eso, o porque Tristán le atendía el establecimiento si se tenía que ausentar por un apuro, le había regalado un viejo grabado en folio de la clepsidra de Ctesibius, un genio de las matemáticas que vivió en Alejandría doscientos cincuenta años antes de nuestra era.

En la magnífica representación, llena de diagramas y notas manuales, descubierta por el librero dentro de un tratado de ciencia decimonónico y enmarcada en la pared principal de la relojería de los Oliveira, se puede observar el flujo constante de agua que cae dentro de un pequeño recipiente. Al subir de nivel, hace ascender por medio de un émbolo una figura que va marcando con una especie de lanceta las doce horas del día y de la noche, labradas en un cilindro de metal. Y como es sabido que los tramos horarios tenían en la antigüedad diferente duración según las estaciones, el mecanismo hidráulico corrige esas desviaciones con un original sistema de sifones, tubos y paletas giratorias que regulan los fluidos. Enredos que oculta el tiempo, que se olvidó de las lampreas.

Para ir matando el tedio, con esas invenciones distrae Tristán las horas ociosas, que sin clientes eran buena parte de ellas, tratando de reproducir con las piezas que le sobran de sus arreglos el alambicado artilugio. Cuando no tiene otras cosas en la cabeza... Porque también pasa a menudo por el estanco, enfrente de la relojería, en el lado opuesto de la plaza rectangular, para comprar tabaco o por echar una conversación con Miranda Sabina, pues desde allí puede ver si se acerca algún cliente. Esta mañana, con el tintinear de los tubos huecos de metal, al abrirse la puerta, se vuelve a ver a sí mismo unos años antes, temblando más que aquellos colgajos tubulares, el día de su primer encuentro amoroso con la estanquera.

Miranda Sabina había llegado a Moreda con lo puesto: una mano delante y otra detrás, y unos ojos negros, grandes como los de las vacas. Por un tiempo se dedicó a elaborar cartas astrales y a la lectura de las rayas de la mano, pero no tardó en reconocer a la perfección los montes y los collados de Venus, de Mercurio y de la Luna, las líneas del amor y del destino, las arrugas y hendeduras de la vida de los vecinos más crédulos. Así que determinó dejar de lado vaticinios y quiromancias y alquilar un bajo que había permanecido cerrado durante años, frente a la relojería de los Oliveira, entre la panadería y la librería de segunda mano, para abrir un estanco que hacía las veces de botica y de quiosco, en el que dispensaba, además de picadura de tabaco, astillas de canela, piedra alumbre, aceites homeopáticos, ungüentos y pócimas milagreras, pomadas, tinturas y aguas admirables de Colonia, recetas magistrales depositadas en frascos y blancos albarelos de cerámica con filetes dorados, así como plantas medicinales que encuentra por huertas y caminos: consuelda, hierba luisa, menta, ruda, salvia, árnica, melisa… Verdes remedios para aliviar las dolencias del cuerpo y del alma de los que habitan en Moreda.

Han entrado en la relojería dos clientes que quieren informarse acerca del estado de sus relojes de bolsillo: un saboneta suizo, con maquinaria de quince rubíes y agujas en azul cobalto, y un lepine, con calendario astronómico y fase lunar, de plata maciza, con las manecillas en oro cromado. Sacó la lupa y hasta se acomodó el monóculo en el ojo. Escrutó con minuciosidad los aparatos. Apenas fue necesario hacer ningún ajuste, lubrificarlos tan solo, darles cuerda y ponerlos en hora, ya que funcionaban a la perfección. Aunque no fuese demasiado habitual lo que venía de ocurrir, a Tristán a buen seguro que no le llamaría la atención si no se produjesen los singulares sucesos que ocurrieron a continuación.

31

Faltaban unos minutos para las dos de la tarde, la hora de cerrar, cuando se encontró con una larga hilera de personas en la puerta. Se movían inquietos bajo los muñones podados de los arces y proseguían por detrás de la estatua del ángel hasta perderse en las arcadas de la plaza. Se alarmó. Consideró que algo grave tenía que haber ocurrido en la casa familiar para que se reuniese ese gentío. Pensó si tal vez habrían llegado por fin noticias ciertas del abuelo Amaro, imaginó a su madre malherida entre los bojes de la huerta o al padre ahogado en los acantilados de Mainar, entre las nécoras, pero se disiparon de inmediato esas imágenes cuando la riada de personas empezó a acercarse al mostrador. Uno por uno, sin hacer un comentario, los clientes van comprando todos los relojes olvidados en las baldas. Los primeros en venderse fueron los de bolsillo y, agotados estos, pasaron a comprar los de pulsera, los cronómetros y cronógrafos, los ingleses de mesa, los de arena, los de cuco, de uno y ocho días, tan bien tallados que se dirían traídos de la Selva Negra, los de pared y los de pesas, los erguidos relojes de pie. Los rezagados se llevan los modelos más raros, de marina, de sol, de misa, con las horas canónicas marcadas o encerrados en campanas herméticas de vidrio, uno de música expuesto en la vidriera, que interpreta los compases iniciales de la *Danza de las horas* de Ponchielli. Y dos piezas únicas, verdaderas reliquias del establecimiento: un foliot de maderas de cedro olorosas aún a las resinas de las montañas del Rif, de donde procedían, y un ejemplar de caja alta con dos discos de horas concéntricos, fabricado por el cura relojero de Ladrido. También esos los llevaron sin que nadie discutiese el precio.

Resultaba desconcertante lo ocurrido, pues eran muy pocas las personas que se interesaban por el tiempo en Moreda. Ya veremos que la cuestión venía de más lejos. Cada cual fue dejando que su vida se guiase por el ciclo anual de las estaciones, por los ritmos de las mareas y los dictados del sol y de la luna. Se fiaban más de la salida de las Tres Marías por los Oteros del Aire o del primer canto del cuco en estos bosques, que de los mecanismos que se ofrecían en la factoría de los Oliveira. La propia Aurora dos Santos vendía un reloj de Pascuas a Ramos y desde que abrió el establecimiento tenía que soportar las chanzas de su joven marido, que la convidaba a medir el paso del tiempo con las barcas tal como hacía él. «Pues sí, lo puedes medir con barcas o con capazos de piedras, porque no lo hay. El tiempo lo inventamos nosotros y para cuando no haya gente en los caminos, tampoco ha de haber más tiempo en tus relojes».

Tristán no comprende lo sucedido. Mientras intenta recuperarse, confuso y asombrado, de la imprevista afición febril por los relojes, cuando se disponía a cerrar por segunda vez, entró en la tienda el panadero, que se apoyó en el expositor vacío. Al apocado Leandro Grimaldi, si por algo lo conocen en Moreda, es por la lentitud exasperante en el trato y en el despacho de los panes, que vende en una modesta tahona, herencia de sus padres, al lado de los viejos almacenes comunales de la seda, ahora abandonados, en la Plaza de los Arces. Con toda la calma del mundo se ajusta el gorro blanco en la cabeza antes de explicarle a Tristán que el esperado desembarco del vapor que trae a Oriana y a su padre está previsto para las seis en punto de la tarde y que todos los vecinos están dispuestos a acudir hasta el muelle para verlos.

La noticia corrió como reguero de pólvora. Después de tantos años despreocupados por los relojes, este sábado los habitantes de la villa han decidido desempolvarlos nuevamente. Contagiados por el delirio colectivo de una incomprensible fiebre horaria, necesitan saber con la mayor precisión posible cuándo van a ser las seis. Bastaría con que se lo dijesen unos a otros o con situar uno de esos aparatos de grandes esferas en un poste del embarcadero. Pero no, cada cual quiso el suyo. Algunos se desplazaron antes del mediodía a la ciudad por si las existencias se agotaban. Va a ser el primer buque de pasajeros que haga escala aquí. Un verdadero acontecimiento que nadie se quiere perder. Ha derivado su derrota habitual rumbo a Lisboa para desembarcar a tan significados viajeros tras recogerlos en un puerto de la costa francesa. Entrará en la ría con la marea alta de esta tarde. Una brigada de obreros al mando de un maestro carpintero está finalizando en este momento los trabajos para apuntalar el entibado de una gran pasarela de madera.

Al escuchar el nombre de la desconocida que no le había dejado conciliar el sueño, se despertó en Tristán una mezcla de sensaciones contrapuestas, a medio camino entre el enfado y la curiosidad. Estaba contento de venderlo todo; contento y pasmado, a partes iguales. Necesita volver a casa y ordenar sus ideas. A ver qué iba a hacer ahora sin relojes. Lo consultará con Aurora por la noche. Sin embargo, no se muestra tan seguro de que Amaro, allá donde estuviese, se sintiera también orgulloso de sus ventas relojeras. Escucha atónito al panadero sin entender la necesidad de semejante algarabía. Trata de hacer memoria. Claro que había visto al hindú, propietario de la tienda de las lámparas, conversando con su abuelo, pero no consigue acordarse de la joven Oriana. Ni siquiera podia ponerle cara. Precisamente de aquellos días en que los Alfarat se fueron hacía nueve años, sí que se acuerda del cadáver de Sofía Costa, de sus ojos cerrados bajo el agua y el cabello flotando entre las algas y la espuma de las rocas. Esa imagen de la vendedora de caramujos se mantuvo durante mucho tiempo rondando en su cabeza. A veces la ahogada de repente abría los ojos y se asomaban anémonas y peces por las cuencas vacías. El forense dictaminó que no tenía agua salada en los pulmones y que por tanto se descartaba que hubiese muerto ahogada en el mar, lo que desató todo tipo de rumores. La marcha de los Alfarat pasó así a un segundo plano sobrepasada por esas circunstancias.

Todo lo que el pusilánime Leandro Grimaldi pudo conseguir, a fuerza de pedirle que se la prestara al menos, pese a que no estaba concluida, fue la clepsidra en la que nuestro relojero distraía las horas muertas. Se marchó con ella bajo el brazo. A través de la luna del escaparate, sobre el rótulo en decoradas letras góticas que identifica a sus dueños: «Relojería Oliveira-Dos Santos», después de dos horas despachando aparatos sin descanso, Tristán vuelve a fijarse en las mismas nubes pizarrosas de la madrugada, reunidas ahora, sostenidas por torzales invisibles de la seda de Moreda sobre la vertical exacta de la plaza de los Arces. Su Omega de bolsillo era el único que podía indicarle la hora en la estancia vacía. Lo miró y marcaba las cuatro de la tarde. En la torre de la iglesia cantó un mirlo. Cerró la puerta del local. El estanco y la librería de viejo hacía rato que habían bajado las persianas y las verduleras huyeron con sus berzas. Pasaba el Tiroliro con la sombrilla de doce ballenas, de paño azul, bajo los arcos de la plaza.

Tertia

Amaro Oliveira decía que su mujer había aprendido el oficio de relojera en sueños, en el sueño de una noche de verano, porque empezó a ejercerlo de una hora para otra. La verdad es que procedía de una larga tradición de orfebres y plateros. Tristán conoce estas y otras curiosidades de esa rama de su familia a través del librero portugués. Aurora viajaba regularmente a la ciudad acompañada por su marido, haciendo acopio de aparatos de las más diversas facturas a los que realizaba ajustes y acomodos, caprichos que no se cuenta encontrar en una tienda de provincias. Cuando Amaro le comentó medio en broma la posibilidad de comprar un burro para acarrearlos sin problemas, pues resultaba incómodo disponer los más grandes en la capota o en el pescante del coche de caballos, entre los bultos de los otros pasajeros, de primeras le replicó, sin más, afirmando que burro en casa, y de dos patas, ya lo había y que con uno bastaba, pero tras recapacitar, aceptó el ofrecimiento y adquirieron un borrico pedrés que se llamaba Siete de Oros, porque se lo compraron en la feria del San Martín a un tratante aficionado a las barajas. En uno de sus primeros viajes se trajeron los Morez desarmados entre haces de paja en las alforjas. Aurora los encontró rebuscando en dos anticuarios diferentes de la ciudad. Ambos tenían idénticos relieves desgastados. No quiso desaprovechar la afortunada coincidencia. ¿A quién se le ocurre traer dos relojes de pared iguales para una casa? Cuando consiguió hacer que sonaran sincronizados, Amaro, el autor de tales reflexiones y de las barcas repetidas de la huerta, se rindió provisionalmente ante las habilidades de su mujer. Avisó, orgulloso, a su amigo Valerio Quinto para que fuese testigo del prodigio. El alcalde coincidió en que era imposible distinguir sus sonidos y dejó caer que necesitaban un reloj de gran porte para embellecer la fachada del consistorio.

La relojera de Moreda llegó a alcanzar notoriedad en la comarca, incluso la llamaron para ayudar a reparar la maquinaria de la Torre del Reloj de la catedral, obra cimera de la cronometría. Le bastaba con una única aguja en cada una de sus cuatro esferas blancas para marcar el compás de las vidas y las muertes de los que viven en la gran ciudad. Una campana pequeña se encarga de dar los cuartos. La más grande, la que da las horas, tomó el nombre de un arzobispo francés aficionado a las monterías, llamado Berenguel. Se hizo necesario amortiguar su sonido, porque era tal el estruendo que causaba, que se adelantaban las embarazadas en el parto. Nunca quiso alardear del asunto, ni lo mencionaba, pero estuvo allí, entre ruedas dentadas y trinquetes, en la torre que se yergue al lado del Portal de los Orives. Fue entonces cuando consiguió para el ayuntamiento de Moreda la más hermosa de las máquinas, obsequio del cabildo catedralicio por los servicios prestados: un ejemplar magnífico con agujas caladas de bronce y una esfera dorada que imitaba un astrolabio.

Había hecho un accidentado viaje con Siete de Oros transportando entre virutas y paja seca las piezas desmontadas. No pudiendo desplazarse Amaro por causa de unos sabañones que le laceraban los pies, la acompañaba esa vez el Tiroliro, un escolta de opereta bajo el parasol azul, entretenido con las formas de las nubes o con el piar alborotado de las alondras. Todo transcurría con normalidad. El camino de día era seguro, pero en los páramos de Buxán se les echó encima una neblina espesa que los tuvo durante horas dando vueltas. El aullido lejano de los lobos se fue sintiendo más cerca hasta que aterrorizó de tal manera al animal que, hincado sobre las patas delanteras, con los ojos desorbitados y las orejas tiesas, se negaba a avanzar. Tampoco ellos, hundidos en un velo gris que confundía la tierra con el cielo, las tenían todas consigo. El Tiroliro, empapado en sudor, agarraba la empuñadura del paraguas cerrado como un espadachín y lanzaba estocadas a la niebla. Aurora apretó los dientes y tiraba con fuerza del pollino, que con sus sacudidas y respingos hacía entrechocar las partes sueltas del reloj municipal. Puede que fuese ese ruido, o una de las muchas coces lanzadas al aire por el bruto, lo que ahuyentó a las fieras. Cuando se disipó la bruma era de noche y atisbaron una luz a lo lejos. Entraron en la venta de la aldea en el momento en que también llegaba Amaro, que había salido a buscarlos arrastrando sus sabañones. Allí descansaron seguros, al calor de las brasas de unos sarmientos. El burro fue aflojando las orejas, pero no pudo dormir. Miraba de reojo, sin poder evitarlo, para el pellejo ennegrecido de un lobo de colmillos afilados, colgado del techo entre cordones de telarañas y ristras de chorizos grasientos. Estaba tan acostumbrado al tictaquear de los relojes que desde entonces ya no conseguía dormir si no tenía uno en la cuadra pegado a las orejas. Una noche de luna Amaro lo llevó a ver los rocines de piedra de la iglesia y el rucio, como si los reconociese de su especie, rebuznó tres veces delante de ellos. Después de recorrer durante años cargado de relojes los caminos arrieros con Aurora, ya de viejo, Siete de Oros se quedó ciego. La luz se le fue alejando de los ojos muy despacio, como un largo atardecer en los acantilados. Trató de comprarlo un chalán que comerciaba en mulas para vender su carne como comida al peso para perros. Amaro lo consideró una ofensa y lo puso fuera de la casa con toda clase de improperios. El burro tardó todavía en morirse. Era de la familia. Lo enterraron enjaezado con la mejor de las monturas, con su reloj al lado, bajo la oliva de la huerta.

Hacia el fondo del corral, donde se acaban los setos recortados de los bojes, se enterraron muchos años antes los enseres de un tío abuelo de Amaro que murió de tuberculosis entre esputos de sangre, recién retornado de las Américas con las maletas cargadas de loza en su mayor parte desportillada. Las escasas vajillas que llegaron enteras se conservan aún en la casa, pero los fragmentos de las demás, con todos los objetos que habían estado expuestos a su aliento, se fueron depositando meticulosamente en un hoyo grande como una cisterna que cavaron durante un día entero dos jornaleros: la pesada cama de roble guarnecida de metal y la mesilla de noche con su lámpara, cobertores de franela y sábanas de lienzo, una tabaquera de alpaca con un cerquillo dorado, un espejo de carey, dos parejas de zapatos embetunados y cuatro trajes de indiano... Antes de que las paladas de tierra las cubriesen, todas estas cosas se iban disponiendo en el agujero cada una en su sitio, tal y como estaban en la habitación del muerto.

Cuando Aurora abrió la relojería, al poco de casarse, Moreda era ya de sobra conocida por las hilanderías de la seda. Alrededor de ellas había girado la floreciente economía de la villa a lo largo de casi medio siglo. Sus tejidos tenían merecida fama por las calidades tornasoladas de su lustre. En la plaza principal se conservan los artefactos de esa industria y en el Bosque de las Torcaces hay aún ejemplares de moreras centenarias en las que brotan en primavera los racimos violáceos. Pero los pueblos, como sus habitantes, tienen también sus semblanzas y sus cronologías, y mucho antes de los relojes y las larvas de la seda, en el principio, en Moreda, fueron las naranjas.

Hubo un tiempo en que este lugar se llamaba El Naranjal, así consta en los códices y manuscritos más antiguos. Los naranjos formaban una arboleda que bajaba por toda la ladera de Mainar, justo donde más tarde se plantaron los viñedos. Algunos ejemplares crearon islas verdes esparcidas por las bárcenas y riberas del río Viejo. Acabaron unas entrelazadas con otras y se podía recorrer bajo su sombra el sendero que sube desde el puente hasta los farallones. Eran tantas las frutas que los barcos costearon estos pueblos de la tarde comerciando con ellas. Quizás entonces se erigió el ángel de bronce para agradecer o para celebrar tanta abundancia. O quizás no, porque Amaro Oliveira sostuvo, tomando como base sus propios cálculos, que la estatua ya se levantaba allí, sobre las peñas de la costa, con su ofrenda en la mano frente al mar, antes de que se asentasen las primeras cabañas de pescadores. El caso es que, aunque llegó un día en que los árboles desaparecieron de la faz de estas tierras, por todas partes se conservó el aroma de azahar y llegó hasta nosotros, sin que sepamos cómo. En Moreda todavía se escuchan historias relacionadas con los viejos telares y con los perdidos naranjales, pero se recuerda sobre todo un acontecimiento extraordinario que sucedió en un tiempo en el que ni unos ni otros existían, cuarenta años atrás.

Fue en una de las grandes bajamares de agosto cuando quedó varado el galeón, en los bancos de arena que se extienden ocultos bajo la superficie de las aguas, entre la desembocadura del río Grande y los despeñaderos. Tenía el maderamen desvencijado, recubierto de corales y algas muertas, y las velas desarboladas, deshechas en andrajos. Anochecía. Los pescadores que se acercaban, curiosos, en sus embarcaciones, hasta los costados del navío, se retiraron al aparecer las luces: extrañas espirales doradas semejantes a fuegos de artificio que caían por la borda y resplandecían suspendidas en el aire antes de hundirse en el agua. Al poder recuperar al día siguiente unos fragmentos, se comprobó que eran simples cortezas de naranja las que despedían aquellas inusitadas refulgencias. Sin embargo, nunca oyeron un ruido, no vieron a nadie a bordo, ni manejando la caña del timón, y resultaron inútiles cuantos esfuerzos hicieron Amaro Oliveira y su compañero Daosta, dos muchachos entonces, para tratar de subir a cubierta con otros marineros. La nave permaneció cuatro días y cuatro noches encallada, a pocos metros de la orilla, a la vista de todos. Vinieron de las sierras de Buxán, de los linares y maizales de Laíño y del otro lado de la divisoria del gran río, cruzando en barca por el paso de las Torres. Hubo quien, desde la ciudad, se desplazó a Moreda para ver en la noche el lucerío de aquellos fuegos de san Telmo sobre el mar. Amaro, embobado en esos días con las hilaturas de las arañas, intentando desempolvar a su manera los olvidados trabajos de la sericultura, pensó que se trataba de un engaño urdido por los cómicos de la *troupe* de Barriga Verde, convencido de que esta vez la farándula con sus teatros ambulantes había llegado por el mar. Si trató de subir al barco fue para desenmascarar a los autores de esas fantasías. No se iba a dejar engañar tan fácilmente. Destripó unas cuantas de aquellas ridículas pirotecnias que Aurora guardaba en un baúl para descifrar la materia de la que estaban conformadas, y en efecto: eran mondas resecas de naranjas. No le dijo nada a su mujer, pero se le descompusieron entre los dedos en un polvazal del que salieron volando diminutas mariposas.

No se conservaron demasiadas porque se deshacían al contacto con el agua y se escurrían fácilmente de las manos. Los pocos que se hicieron con las mágicas bengalas las guardaron en los sótanos y fayados, pues parecían provocar una especie de temblor que removía sus carnes, como si de súbito se volviesen más jóvenes y livianos. Acudían los enfermos y los viejos en busca de la ansiada medicina que pusiese remedio a sus achaques y aguantaban durante horas contemplando las brasas encandiladas, entre ferrados de maíces y centenos, en el fondo de arcones y baúles ennegrecidos por los años. Llegaron a estar tan solicitadas las visitas que se pedía vez y se hacía turno en varias casas de Moreda. No ha de ser cierto, aunque se llegó a decir, que un tullido que apenas arrastraba las piernas saliese corriendo al verlas. Cuando se las mostraron al viejo herrero, dejó al rojo vivo dos cinceles medio apuntados en el yunque, llenó de bellotas para varios días las bacías de sus puercos, y se encerró con la mujer en casa dispuesto a revivir sudores olvidados. Al final, la galera de las velas rotas se esfumó sin dejar rastro con una gran marea alta que inundó los bajíos. En su lugar dejó un mar poblado de desechos de naranjas, una podredumbre turbia de aguamares erráticas, llevadas y traídas por los flujos de las mareas.

Al año siguiente llegó a Moreda un artista bohemio que escuchaba entusiasmado estas historias. Llevaba consigo una vieja libreta de alambres en la que esbozaba sus bosquejos y tomaba notas. Se cubría con una gorra de pana marrón que no se quitaba nunca y discutía con Amaro de ángeles y ballenas en la taberna del puerto. En una de las disparatadas tertulias, que se prolongaban hasta que les daba el día, acordaron colgar cientos de velos de seda por diferentes lugares del pueblo para tratar de descubrir el origen del olor de las naranjas.

Al ser materia principal que le concernía al ayuntamiento, el experimento fue apoyado por Valerio Quinto en razón de su cargo de alcalde, y convirtió la villa por unos días en un colorido tendal. Se distinguía a mucha distancia de la costa el tumulto de los trapos flameando al viento, pero lo único que con seguridad vino a saberse es que el olor aumenta con los vientos del sur y del poniente, y se vuelve más intenso donde antes crecían los naranjos, sobre los promontorios ferruginosos, el lugar en el que más gotas retuvieron los delicados paños. Las contaron con el microscopio del albéitar Pinaza y, visto que ni sobre el terreno ni en los alrededores quedaba rastro de los árboles, se concluyó que, o bien la fragancia provenía del pasado y llegaba hasta nosotros desde desconocidas regiones del tiempo, cosa que se les antojaba a los dos harto improbable, o si no, debía por fuerza proceder del mar. Se pusieron manos a la obra y diseñaron un rudimentario batiscafo que les permitiría descender durante casi quince minutos a las profundidades, pero tras las advertencias y amenazas reiteradas de Aurora, que le dio a su marido la posibilidad de escoger entre continuar con ella en tierra firme o bajarse a vivir en compañía del pintor con los calamares, prevaleció la sensatez, y los dos aprendices de buzos no intentaron hacer prospecciones en busca de los posibles pomares submarinos.

El artista dejó pintado el galeón que le habían descrito, con sus harapos y resplandores en la pared de la cantina, al lado de las gibas de unos grandes cetáceos de colas ahorquilladas emergiendo de las aguas de la ría. Esos decidió ponerlos por su cuenta, pues nadie le había hablado acerca de ellos. Todo por la amistad de Amaro, y por unas cuantas jarras del vino tinto que Demetrio Lobos despachaba en la taberna del fin del mundo. Pintó además la iglesia y la cantina, sumergidas, posadas en el fondo del océano, rodeadas de naranjales submarinos, el templo consagrado a san Julián con un reloj que marcaba las seis en la torre del campanario, aunque la de Moreda no lo tiene. Y dos sirenas de escamadas colas y cabelleras rubias como las barbas del maíz, guarecidas a la entrada de una gruta, mostrando sin pudor los pechos generosos. Una de ellas nos sonríe levemente, con malicia, en tanto la otra le susurra algo en el oído. Después de dar los retoques finales a su cuadro, el pintor tomó un último vaso de vino y le dejó a Amaro los pinceles y los tarros de colores. Se marchó de la misma manera en que había llegado, atravesando a pie los campos de crisantemos sin más equipaje que su cuaderno de notas, su gorra de pana y su paleta. No se deshacía nunca de ella. Por detrás tenía escrito un nombre de mujer.

Tal como se ha explicado venía a ser el relato de unos hechos que pasaron a formar parte del imaginario de Moreda, aunque se adornasen en tardes de lluvia con otras menudencias. O en las largas lumbraradas del invierno.

Aurora le contaba a la nieta estas historias, las del galeón de los harapos y las del monte rojo cubierto de naranjos. Muchas noches Helena se colaba en su cuarto, al otro lado del pasillo, contiguo a la gran sala, y se quedaban las dos charlando agazapadas bajo la sábana como en uno de los pabellones de la feria, o escuchando los ruidos de la calle, amortiguados por los gruesos muros de piedra, hasta que las vencía el sueño. Pero sobre todo, Aurora le hablaba del abuelo que dibujaba mapamundis en las calabazas y perseguía ángeles en los espejos. Se marchó cuando tenía dos años y se trababa todavía al pronunciar su nombre. Ahora Helena duda si esas cosas ocurrieron realmente. Tampoco podría precisar si a Amaro lo recuerda repartiendo brochazos en el aire, en la cumbre del hórreo, como el director de una orquesta de la que huyeron los músicos, o si recuerda que se lo contaron. Después fue Aurora quien faltó. Demasiadas ausencias para sus pocos años. De la pared de su habitación pende un reloj que diseñó especialmente para ella, imitando la rodaja de una mandarina cortada por la mitad, con doce gajos de pulpa vidriada que hacen las veces de divisiones horarias. Es lo primero que ve al despertarse. Algunas mañanas se entretiene recortando con cuidado las cortezas de una naranja sobre el plato del almuerzo imitando serpentinas y remolinos o mínimas galaxias. Las naranjas se traen en grandes sacos de red de la ciudad, pues están convencidos en Moreda de que, si se plantasen árboles nuevos, se disiparía el aroma para siempre.

La creencia de que las espirales que caían de la nave embarrancada en los médanos podían estirar, igual que una goma, el tiempo, incrementó las ventas en la relojería de los Oliveira. Aumentaron los viajes de Aurora con Siete de Oros. Muchos de los residentes de Moreda llegaron a pensar que en la primera tienda de toda la comarca se vendería también atrapado en los engranajes, relucientes como onzas de oro, el secreto del tiempo verdadero. Pasaban las horas mirando y remirando los relojes. Un ciclista despistado se dio un remojón en la Fuente de los Pájaros cuando consultaba la hora en un flamante ejemplar de pulsera con las agujas rojas y uno de los vendedores del mercado se cayó al mar con su cargamento de sartenes al ajustar la cuerda de un catalino inglés recién despachado por Aurora. Distraídos, tropezaban unos con otros por las calles y se enzarzaban en bizantinas discusiones sobre si faltaban dos minutos para el mediodía justo, o dos minutos y medio. Se sentían más seguros por las noches al escuchar, bajo la lámpara de luz, el latido acogedor de las pequeñas maquinarias. Tras la marcha del buque, las fosforescencias siguieron brillando por un tiempo en los cofres y baúles de las casas hasta que, cuando con el transcurrir de los meses se fueron extinguiendo, desapareció con ellas la efímera ilusión de los habitantes de Moreda por ver prolongado el curso de sus días. Pudo haber sido el propio Amaro quien inaugurara la guerra contra el tiempo, pero seguramente fue cualquiera del que ya no sabemos el que cayó en la cuenta de que los relojes no eran más que meros instrumentos de medida, del todo innecesarios, pues solo contribuían a aumentar la inquietud por el paso de las horas. Hasta el día de hoy, ya fuese por dejadez o por despecho, los que residen en Moreda acordaron que vivirían sin ellos. La relojera Aurora dos Santos decidió, a pesar de todo, continuar con su oficio.

El reloj del consistorio llevaba cinco años escasos instalado en el frontón triangular el día en que Valerio Quinto, alcalde de la villa, haciéndose eco del nuevo sentir de la vecindad, determinó convocarlos a todos y a la corporación en pleno a un acto solemne, entre urces y brezos, en los acantilados bermejos de Mainar. El regidor, al menos, se acordó de dar las gracias en su discurso a la relojera Aurora dos Santos, que no estaba presente, pero aseguró que era necesario realizar el simbólico sacrificio. Después de que su amigo Amaro Oliveira, subido en un peñasco, pronunciase un florido alegato sobre el fin de la dictadura de las divisiones horarias y el resurgir de una anarquía temporal universal en la que cada uno autogestionaría su propio tiempo, si lo hubiese, y sus plusvalías, se procedió a tirar por la barranquera el reloj municipal, que cayó descerrajado con singular estruendo, repicando de piedra en piedra entre arpégicas quejumbres metálicas y rumores dodecafónicos. En el remate de la casa consistorial se mantuvo durante años, como el ojo de un cíclope, el agujero que dejó el reloj de Aurora. Fue refugio que se disputaron para anidar gaviotas y palomas hasta que se ocultó con el escudo que representa al paciente Job recostado en la morera.

Habían estado a punto de ser devorados por los lobos y sus sacrificios no sirvieron para nada. Aurora desde luego no quería presenciar el bochornoso espectáculo. Montó en cólera al enterarse del despeño del reloj y de la plática de su marido, un idiota subido en unas rocas, para coronar aquel aquelarre de lunáticos. «¿Ay, sí? Por estas», le espetó, cruzando los dedos y frunciendo el ceño. Pero con el transcurso de los días, que siguieron pasando a pesar de que ya no los midiesen los relojes, las aguas volvieron a su cauce. Así las cosas, excepto ella, claro está, nadie prestaba ya atención a los calendarios, y fueron muchos en aquellas fechas lejanas los que subieron a lo alto del cerro para arrojar los relojes y los almanaques a las aguas de la ensenada. Hasta que Aurora se murió, los Morez del caserón de los Oliveira continuaron oscilando sus péndulos regulados cada día como si el asunto no fuese con ellos. La relojería siguió abierta, por más que las ventas que desde entonces se hacían eran casi siempre a forasteros y gentes de paso, sabedores de las calidades del género y de las destrezas de Aurora, que siempre había alguno entre semana, y mayormente, los domingos de mercado. Sin embargo, los compradores de este sábado no venían de muy lejos. Tristán pudo reconocer a cada uno de los que vaciaron su tienda y todos eran de aquí. Hubo quien se llevó los relojes de fiado.

Serían cosa de las cinco y media cuando la avenida de los tamariscos y la entrada del puerto estaban tomadas por la gente. Un enjambre de abejas alrededor de las flores de un naranjo. Se habla acaloradamente delante de la taberna de Demetrio Lobos y hay corros en torno al chafariz de la Fuente de los Pájaros. Todas las conversaciones vienen a dar en la llegada de los dos esperados viajeros, aunque a última hora comenzó a difundirse el rumor de que también Amaro Oliveira regresaba con ellos de la India, hecho un potentado.

Las calles que descienden empinadas hacia el mar se veían desbordadas por un hormiguero humano. Un espectáculo inaudito. Jóvenes y viejos, hombres y mujeres del pueblo y de las aldeas cercanas, de toda condición, se habían acercado para recibir a los Alfarat, y además, por todas partes, estaban los poseedores de relojes: los que habían comprado los de pulsera revolviéndose incómodos buscando espacio para poder mirar la hora entre la multitud; los señoritingos embutidos en chalecos plateados, engalanados con relucientes relojes de bolsillo, a juego con ellos, peleándose por que la cadena no se enredase con las otras; los que mostraban los de cuco, los más estrafalarios y pintureros en la vestimenta, tratando de atemperar las estridencias de un mecanismo que provocaba algún que otro sobresalto en las proximidades; los dueños de las ampolletas de arena atentos a la caída del último grano para girarlos; aquellos que poseían los cuadrantes solares explorando lugares de una cierta altura para orientar el gnomon de cobre apuntando al meridiano; en fin, los clientes más fatuos y presuntuosos, alardeando con ostentosos relojes de pared, de salón o de pie, disconformes contrabajos aparcados por las calles. Había modelos que no se vendían en la tienda de los Oliveira, traídos de la ciudad y rarezas de las que ni se sabía, que volvían a ver la luz del sol. Y estaba, por supuesto, con su santa parsimonia y su voluminoso gorro, Leandro Grimaldi, perdido entre las apreturas de la barahúnda, contemplando la clepsidra inacabada que no marcaba nada, mientras el gentío se agitaba ansioso esperando que llegasen las seis.

Quarta

Tan atrás su memoria no alcanzaba. Cuando los Alfarat se presentaron en Moreda, Oriana acababa de cumplir los tres años. Su padre le contó cómo se quedó con ella en brazos en el muelle a la orilla de un mar que tenía el color verde de las garrafas y olía a flores de naranjo. Una figura extravagante con un quitasol azul zarandeaba los cordajes de una cometa dando saltos sobre las piedras del malecón. Alguien hizo sonar una caracola gigante que la asustó. Emitía un quejido ronco y mineral que parecía proceder de las entrañas del océano. Una de las mujeres que cosía las redes le ofreció una estrella de mar anaranjada a la que le faltaba un brazo. Se llamaba Sofía Costa y llevaba una pañoleta floreada en la cabeza. Para acoger a los forasteros durante el tiempo que fuese necesario la cantina de Demetrio Lobos volvía a ser posada y hostería como antaño.

Los días de la llegada fueron duros. Amir no tuvo más remedio que dejar empeñado un antiguo breviario de la familia para poder arrendar, en los terrenos del puerto, un cobertizo que dedicó al comercio de luminarias y de lámparas. Cuando trató de recuperarlo a los pocos meses era ya tarde. Muerto el prestamista donde se depositó, el Libro de Horas de los Alfarat, la más estimada de sus escasas pertenencias, se perdió entre los bazares del mercadillo dominical.

Nueve años después abandonaron la villa sin avisar a nadie. Lux Aeterna, el negocio de las lámparas, se encontraba en su mejor momento y los Alfarat eran apreciados por todos. Al principio, los pescadores recogían el saín y el carburo de los faroles para salir de noche en sus pequeñas embarcaciones. Pronto se pasaron a vender mechas y torcidas, velas de sebo y bujías de esperma de ballena. Cualquier dispositivo que proporcionase algún tipo de iluminación se podía comprar en la tienda del hindú. Quien más, quien menos, tenía en casa una linterna o un quinqué, candelabros, candiles, palmatorias. Las familias más pudientes encargaban las coloridas lámparas moriscas y otras que imitaban los motivos caprichosos del *art déco* o las lágrimas de cristal de las venecianas.

Las cosas empezaron a irles todavía mejor cuando se vendieron las primeras bombillas. La luz eléctrica se instaló definitivamente en Moreda con las catenarias de sus cables como formidables tendederos en los que se posaban las bandadas de estorninos y los postes de madera adornados con palomillas de cerámica. En una reunión vecinal se acordó realizar un pedido en su establecimiento para colocar farolas en las plazas, en el puerto y en varias de las calles y cambiar los viejos armatostes de los tiempos en que Amaro construyó un rudimentario salto de luz en el río Viejo. Y comoquiera que significaba una venta importante para un negocio que estaba echando a andar, correspondiendo a la confianza que depositaban en él, Amir decidió regalarle a la iglesia parroquial una gran araña octogonal con candelabros de bronce adornados con adiposos serafines y enredada hojarasca de acantos.

El templo principal de Moreda ya se dijo que cae bajo la advocación de san Julián, que es santo de mucho predicamento en estas feligresías. Hospedero y protector de caminantes, su culto se propagó hasta este rincón apartado donde finalizan los senderos de la tierra y empiezan los del mar. Una imagen suya preside el altar mayor ataviado con ropajes de caballero. Empolainado de azul Prusia, la casaca va estofada de bermejos y las calzas, ceñidas, en dorado. El pie derecho parece iniciar un *pas de danse*, un poco adelantado en la peana. En el puño lleva un halcón o una paloma, que desde abajo no llega a distinguirse bien, sin guantelete ni nada.

Se inauguró la nueva iluminación de la iglesia a los sones de la *Música para los reales fuegos de artificio* de Georg Friedrich Händel, interpretada en el armonio de dos teclados y pedal de dos octavas, que se restauró para la ocasión. Llegado desde la capital, que queda a tres leguas y media de andadura hacia el nordeste, asistió el propio arzobispo acompañado del organista de la catedral y de su séquito, y corroboradas las excelencias del trabajo de Amir Alfarat, procedió a encargar una Tiffany de sobremesa con engastes de cristal de roca para enfatizar los damascos del episcopal escritorio, treinta y tres lucernas de bronce nielado para las iglesias de la diócesis, incluida la de Moreda, y otras nueve de mayor tamaño, decoradas con símbolos eucarísticos, para ser encendidas en las capillas que rodean el ábside de la basílica catedralicia. Aprovechó de paso el viaje para comprar media docena de relojes de la renombrada relojera Aurora dos Santos. Sentado al lado del ángel de la plaza, Amaro tallaba un pájaro en una rama de abedul. Vio pasar sin demasiado interés la comitiva, con revuelo de sotanas y sobrepellices, de canónigos y monaguillos encarnados en torno a la casulla bordada en verde y oro, recamada en la mejor seda de Moreda.

Como fuese que se habían descubierto en los limos de las Brañas de Laíño, a orillas del río Grande, unas lucernas romanas de arcilla cocida con lujuriosos grabados que atentaban, y de qué manera, contra el sexto mandamiento, quería el prelado callar bocas con estas lámparas suyas de metal, que habían de dejar arrumbadas en los profundos a las otras. «Donde siempre debieron seguir», sentenciaba con impostada severidad, empapado en sudor, sentado a la mesa de la rectoral de Moreda, entre una y otra jarra rojeadas del tinto de Mainar, después de dar cuenta de una lamprea a la bordelesa adobada en su sangre y un chuletón asado de los bueyes rubios que se criaban en esas praderías. «Si es que no las depositó alguno allí para poder reírse con el cuento, que de todo hay en la viña del Señor», apostillaba, mirando al colorado cura párroco, que asentía, servil, con la cabeza. Demasiadas veces había sido informada su eminencia de más de un pagano descarriado que no cumplía con el precepto entre los que habitaban esas brañas y marjales a las que se había retirado el abad de las Junqueras. Por no mentar la pintura de las sirenas lascivas, cuyos pechos se negó a cubrir Demetrio Lobos a petición del nuncio, así el mismísimo papa de Roma visitase en persona la taberna.

El negocio de las lámparas continuó prosperando. Amir abandonó la terrera tienda portuaria en la que vivían e hizo construir en unos baldíos de la ribera, a este lado de la línea de las dunas, una hermosa casa de dos plantas con los suelos ajedrezados de adobes. Desde el ventanal de la gran sala, por encima de la barra de arena que la separa de la playa, se puede disfrutar en toda su extensión del mar color verde botella de Moreda. En tardes de verano los chiquillos llamaban a la puerta golpeando la trompa de un elefante de forja a modo de picaporte, para escuchar con Oriana, sobre una alfombra decorada con surtidores y palmeras, las últimas músicas que llegaban de la ciudad, en un gramófono con una campana abocinada y un manubrio como las manivelas de las máquinas de moler el café, para bañarse entre las cazoletas de los grandes nenúfares que ya crecían en un extremo del estanque o para perseguir los pavos reales y las gallinas indias moteadas entre los setos de arrayanes trasplantados al jardín de los Alfarat.

A Amaro Oliveira le cayó bien el hindú de alambrados mostachos. Cuando pasa por delante de la casa de los Oliveira golpea el portalón con su cachava de espino para saludarlo y en ocasiones entra a conversar con él mientras perfila las cuadernas de las barcas. Prometió armarle una embarcación con la madera de uno de los viejos cerezos que crecen a orillas del río Viejo, tumbado por los temporales del invierno. Serrado el grueso tronco en la marea baja de la menguante de enero, pues era también Amaro perito en lunas y misterios de las linfas vegetales, quedó secando entre gavillas de paja en el cobertizo del molino donde vive el Tiroliro. El río llevó cerezas. Llevó bellotas y erizos. Y volvió a llevar cerezas antes de que se pusiera a desbastar las desmesuradas tablas. Se juntó el pueblo entero cuando echaron la barca al mar rodando sobre dos troncos de pino por la rampa del embarcadero. Demetrio Lobos repartió sidra gratis para todos.

En Moreda son frecuentes ese tipo de concentraciones. Sus habitantes se sienten interconectados entre sí como las abejas en las celdas de un panal, como el micelio de los hongos. Además, desde que quedaron sin alcalde, se deciden en asamblea las cuestiones importantes. Las reuniones se celebran en el salón municipal, o si este se hace pequeño, en la Plaza de los Arces. Se procede a votar con guijarros blancos y negros, recogidos en el lecho casi seco de uno de los riachuelos que van a dar al río Viejo. A veces se producen antes encendidas discusiones sobre el color suficientemente contrastado de las piedras. En una ocasión los debates se alargaron tanto que ya nadie recordaba de qué trataban las votaciones. Todos están de acuerdo en que es importante establecer con claridad las normas. El sacristán, que es además alguacil, hace sonar con fuerza las campanas cuando es preciso avisar al vecindario. Tiene una mancha acastañada con los bordes rojizos a un lado de la calva, talmente una mariposa con las alas abiertas. Algún pájaro ha sobrevolado su cabeza dudando si lanzarse a picotearla. Tocaron los bronces a rebato cuando se incendió la casa de Valerio Quinto y repicaron la noche de San Juan en que desapareció Amaro. Se salió a buscarlo con hachones que se encendían en los rescoldos de las fogatas. La lumbre de las antorchas dejaba por los campos y bosques de Moreda regueros de luciérnagas, mientras resonaba el tañido de las campanadas en el silencio de la noche: tin, tan, tinn, tann, tannnn… Si por caso se hubiera desorientado en la oscuridad podría dejarse guiar por su sonido. El sacristán dice que una villa sin campanas es lo mismo que un ciego sin cayado. Se lo ha escuchado al cura, que también lo tomaría prestado de alguien.

Esta tarde de sábado, casi siete años después, entre los que esperan impacientes a los Alfarat con sus relojes, hay quien da por seguro que Amaro Oliveira viaja en ese barco y regresa con ellos, colmado de riquezas, desde las tierras del Oriente. El Tiroliro ha subido a unos pedregales del acantilado que sobresalen por encima de los brezos. Justo al borde de las aristas de la escarpa hace girar el paraguas y el horizonte da vueltas también en torno suyo: el robledal y los oteros, los girasoles, los esteros del río y el mar, la multitud que se apiña en el embarcadero.

Amir Alfarat participa habitualmente en las decisiones comunales y, además de la referida lámpara del templo, ha hecho donaciones para alguna que otra obra vecinal a la que no llegan las arcas municipales: los trabajos de los canteros en el espigón del atracadero o el encalado de las arquerías de la plaza comidas por el salitre.

A cuatro pasos de la tienda de lámparas Sofía Costa regentaba un pequeño local de planta baja que abría los días de mercado, dedicado a la venta de caracolas y de conchas. De alguna forma había que colocarlas en las estanterías, pero a Amir le sorprendió la manera en que las ordenaba por formas y colores. Como un álbum. No vendía pescado como las demás mujeres porque creía que sus ojos vidriosos no podían encerrar más que acuosos venenos. Solo conchas: las enormes bocinas arrastradas desde las profundidades en las que se escucha la respiración fatigada de los dioses abisales y los pequeños caramujos de la zona mareal, menos pretenciosos en sus jadeos. Era esbelta y de rostro ovalado, de rasgos finos. Los cabellos oscuros y los ojos negros podían ser los de cualquiera de las mujeres que se movían en la rutina de los vaivenes portuarios, pero despedía un intenso olor a romero. O así lo creía él. Cada tarde acude a que Sofía Costa le muestre sus hallazgos: múrices espinosos de la púrpura, abalones irisados como las plumas de los pavos, buccinos y escalarias caprichosas que las marejadas abandonan al pie de los rojos farallones. Concreciones calizas donde se va depositando sin prisa la sustancia mineral del tiempo. De una en una quizás esas cosas no significasen mucho. Unas con otras acabaron por cautivar el corazón de Amir, que le habla de remotas regiones a orillas de un gran río que también era un dios y de un libro perdido en el que se guardaba la memoria de su estirpe. Han pasado casi seis años desde que llegó a Moreda y las cicatrices de antiguas heridas han ido restañando lentamente, como las estrías de las conchas. Nadie llegó a saber de su romance, pero no tardaron en producirse en la trastienda de las lámparas los nocturnos encuentros, en los que el cobertizo de las luces se convertía en refugio de los apasionados amantes. Como aquel emperador que mandó sus legiones a recoger caracolas ante las costas de Britania, si dispusiese de ellos, también Amir desplegaría sus soldados desde los roquedos de Mainar hasta más allá de los bancos de arena donde desemboca el río Grande buscando conchas para Sofía Costa.

Una noche cualquiera, en el final de un verano, no se presentó a su cita. Amir salió a caminar por el arenal imaginando que se lo habría impedido cualquier pequeño contratiempo. La marea estaba alta y la luna creciente arrancaba brillos de la espuma y dibujaba formas extrañas en la pared cortada a pico de los acantilados. La oscuridad amplificaba el murmullo de las olas, el roce del viento contra las flores de los cardos. A lo lejos, como un código morse, se iban apagando las luces en las ventanas del pueblo hasta que quedó iluminada solamente la taberna. Al linternero se le apagaron también sus lámparas de golpe. Sintió el olor intenso del romero justo antes de hallar su cuerpo tendido sobre la arena de la orilla. No sabía muy bien qué estaba haciendo, pero decidió llevarla en brazos hasta la barca de cerezo anclada frente a la casa de la duna donde su hija dormía. Apenas pesaba nada. La depositó sobre las tablas del fondo y le cerró los ojos. Sobre los párpados colocó dos conchas. Después colgó uno de los faroles de carburo de la proa. La brisa terrera hinchó la vela de dril y la embarcación se alejó cabeceando sobre las olas. Amir Alfarat se quedó allí, frente a la extensión desolada de un océano sin tiempo, bajo la bóveda de un cielo que era una valva calcárea en la que se habían extinguido las estrellas. Se apagó la luz de la Taberna de los Lobos. Dos garzas chapoteaban, ajenas, en el cieno.

En Moreda nunca llegaron a saber por qué se fueron. A sus once años Oriana tampoco imaginó de qué escapaban. Esto debía ser por los días de la vendimia y herviría el vino mosto en las bodegas, porque permanecieron fijadas en su retina las mujeres inclinadas en la ladera de Mainar recogiendo los grandes racimos de uvas tintas. El carruaje de caballos cruza el puente de piedra y tuerce a la derecha para bordear el campo de los girasoles. El camino real atraviesa un paisaje de montículos verdes que, en este tiempo, por abril, se cubren de crisantemos amarillos. Sabemos por Amaro que algunos fueron tumbas muy antiguas, pues excavando en ellas halló hachas de pedernal y fragmentos de vasijas de barro rojo, estragadas como la loza de su tío abuelo americano. Más adelante, la calzada rodea los Oteros del Aire y se bifurca. Un solitario crucero con un herrumbrado farol siempre encendido recibe o despide al caminante, según venga o se vaya. Alguien deja aún flores silvestres sobre las gradas desgastadas, pues aquí se enterraba a los recién nacidos que morían sin ser bautizados. En otoño hay grandes mazorcas amarillas. Desde la encrucijada, un ramal se desvía hacia la ciudad, al norte, con las roderas labradas en la piedra por el tránsito de los carros. Pasa al lado de los Pomares del Viento y sube hasta los roquedales de Buxán, atravesando escarpaduras y páramos graníticos salpicados de brezos y hierbas ralas, de arbustos desmedrados y árboles desgajados por las ventiscas. El camino que siguen ellos es el otro. Remonta el curso del gran río hacia el naciente. Atraviesa dehesas guarnecidas de robles y castañares. Por veces ven pasar los trapos de una vela fatigada, pequeñas embarcaciones descienden o remontan la corriente, dornas de pescadores, barcazas cargadas de sal, de tejas y ladrillos, o de tablones de madera de los aserraderos. Tras casi una legua de andadura bordeando ribazos, en frente de unas vaquerizas, al otro lado del río, se yerguen, desmochadas, las Torres de Oeste. Hace mil años se tendieron recias cadenas entre ambos márgenes para detener el avance de aceifas sarracenas y normandas. Los centinelas, jugadores de dados, juraban por las siete torres, porque eran siete los torreones almenados. Y mucho antes, cuando ni siquiera había torres ni bastiones, subió por estas aguas una barca de piedra con el cuerpo de un apóstol o un santo de piedra dentro de una barca. Alzando un remo, los saluda el barquero que se encarga de transportar los pasajeros y el ganado desde una orilla a la otra. El río viene de recorrer dilatadas llanuras aluviales hacia las que se dirigen. Donde termina la falda de los montes se asientan pequeñas aldeas mirando al mediodía, con sus hórreos y sus eras, rodeadas de nabales y linares. El camino cruza agros de maizales y más abajo, ocupando toda la planicie, hasta la orilla del río Grande, se extienden las Brañas de Laíño. Entre bosques de alisos y junqueras mugen los grandes bueyes pastando en los pradales.

Quien también se acerca a estos parajes es la especiera Miranda Sabina para recolectar las hierbas de los remedios: la corteza del sauce negro y el hipérico, el mirto de Brabante, los lirios amarillos como las ronchas de las salamandras. O para llevarle a su tío, el abad que vive retirado en estas soledades, de parte del cura de San Julián, los mejores pichones del columbario de la rectoral. Los cocina el eremita en salsa roja, horneados con manteca de cerdo que le envía el herrero, rellenos de chicharrones y castañas, adobándolos con unos granos de pimienta. Más allá de los brañales, donde ya no se percibe el olor de las naranjas, se acaba la Tierra de Moreda.

Del resto del viaje Oriana no consigue recordar apenas nada. Villorrios de nombres nebulosos que después nunca vio representados en los mapas y un amanecer entre montañas en el que su padre le mostró remotos valles por los que discurrían las aguas de un río gigantesco en el que cabrían muchas veces los dos ríos de Moreda. Regresaban a la India, un reino de fábula perdido entre las brumas de la infancia. A menudo revive aquellas semanas turbias en sus pesadillas. Se ve caminando con su padre por pueblos solitarios, en un lento atardecer que no se acaba hasta que se acaba el sueño, inmersos en un aire espeso, casi irrespirable, semejante a esa resina de ámbar en la que quedan los insectos atrapados.

Los primeros meses los vivió de un modo provisorio dispuesta para emprender en cualquier momento el camino de regreso a Moreda. La aterraba ser apresada por los bejucos de la jungla que, en la noche malva, llena de voces, avanzaban sobre los chamizos miserables de lata y pajabarro que se extienden por los suburbios de la ciudad. Más tarde, los ruidos de la selva se apagaron y Oriana se acostumbró de nuevo al que ya había sido antes su hogar, a las túnicas de azafrán, al olor de la bosta de las vacas fermentada por las calles y al humo de las piras funerarias, a las escalinatas que se hunden en las aguas del sagrado Ganges.

Tiene la memoria callados mecanismos para ir guardando en sus cajones quincalleros el relato de los días, y cuando ya no encuentra vacíos en los gastados pergaminos, entonces, como en un palimpsesto, vuelve a escribir sobre lo escrito y traza unos caminos sobre otros. La India tumultuosa era un bazar inmenso, un torbellino de perturbar memorias, de desbordar por todas partes los sentidos. Pero los recuerdos de los que Amir Alfarat había huido eran obstinados. Pocos días antes de iniciar el regreso, en el gran mercado de la ciudad santa de Benarés, entre el rebumbio de pescadores rodeando las cajas de madera en las que se movían, boqueando agónicos, dilatadas las agallas denegridas en los postremeros estertores, los peces plateados acabados de pescar, creyó ver la figura esbelta de Sofía Costa. Vestía una chambra blanca, de lino, y le hacía gestos cómplices, llamándolo desde el más allá para enseñarle las conchas recogidas en los arenales del otro mundo. Gritó su nombre entre el caos de la muchedumbre, que se detuvo en un silencio expectante.

—Sofía, Sofíaaaa...

Amir pudo sentir su olor inundándolo todo con una intensidad brutal que, como a aquellos peces moribundos arrojados a un extraño océano de aire, le entrecortaba la respiración. Apenas tuvo tiempo de frotarse los ojos antes de que la visión se disipara. Ese mismo día se lo confesó a su hija, resuelto a volver a las tierras que huelen a naranjas. Donde se acaba el mundo y empieza el mar sin fin, a la orilla del que Sofía Costa recogía sus conchas.

Habían salido de Benarés varias semanas antes. Fueron interminables los transbordos en trenes renqueantes, tan lentos que se podía descender de ellos y seguirlos al paso, amontonados entre nidales de gallinas cluecas y cabras famélicas rumiando indiferentes con los ojos entornados en el cartón de los embalajes y en el relleno de paja de los asientos. Viajaron en autobuses atestados, acosados por enjambres de moscas, a través de fragosos barrancos y calveros inhóspitos en medio de la nada más absoluta, como si una máquina prodigiosa absorbiese las entrañas del territorio dejando áridas extensiones sin siquiera caminos. Hubo tardes de ver volando grandes pájaros de barro. A veces asomaban entre abrasantes polvaredas, espejismos que emergen de un horizonte soterrado, las osamentas calcinadas de lo que habían sido majestuosos imperios, rosas de arena abatidas una tarde de primavera o una mañana de otoño por un manotazo del tiempo. Quebradas columnas ciclópeas, escaleras monumentales que ya no suben ni bajan a ningún sitio, sepulturas abiertas, profanadas, apadanas desiertas, barridas por el viento, mármoles agrietados que han de retornar a su condición calcárea en ignorados hornos. Tras la puesta del sol hay rumores inciertos en la planicie: entrechocar de metales, alaridos, cabalgaduras, bramidos de toros barbados de rostro humano huidos de alguna pesadilla, monstruosos, con festoneadas alas, batiendo contra el espinazo de la noche desherradas pezuñas colosales. Pero ya el tren pasó. Como cuentas de un collar, va una mano contando los días polvorientos.

De este lado de los esteros dorados del Bósforo vieron cúpulas que flotaban en la luz. El tren de nuestros dos viajeros viene haciendo paradas en las grandes metrópolis de las llanuras. Atraviesan bosques umbríos y campos extendidos como colchas de retales oreándose al sol, apiñados caseríos aposentados en el silencio de los valles. Ni una sola de estas imágenes que van pasando ante sus ojos estaba en su viaje de ida. Oriana había hablado de todo con su padre, pero nunca le hizo preguntas sobre aquellos días que no consigue ordenar en su cabeza. Tampoco es necesario comprenderlo siempre todo. Le sorprendió su aventura amorosa con la vendedora de conchas, la fragilidad que mostraba al confesarlo, y le parecía que era necesario, más que nunca, permanecer a su lado. Amir se entretiene charlando con otros pasajeros, como si no quisiese quedarse a solas con sus recuerdos, o se enfrasca en la lectura de los dos o tres libros de viajes que ha metido en su maleta.

El día que llegan a París lo pasan esperando para hacer transbordo en la estación del Este, antes de tomar el último tren que los había de llevar en unas horas hasta la costa atlántica.

Y esto fue que, caminando Oriana por las vías muertas para ir matando el tiempo, se le acercó un gato asilvestrado de grandes ojos amarillos, que acabó ronroneando tras ella por los pasillos del tren. Tan entretenido se encontraba con sus juegos que cuando la locomotora emprendió la marcha y trató de bajar, era ya tarde. Oriana tampoco se dio cuenta y el animal maullaba enfurecido viendo como dejaba atrás el ajetreo de los transeúntes en aquellos andenes donde habían trascurrido, entre raíles y traviesas requemadas, sus noches y sus días.

Después empezó a llover, con fuerza, sobre un paisaje irreal, de campos soñolientos. El gato se ha ido calmando poco a poco y ahora emite berridos desganados. Oriana de momento, por si acaso, no se acerca. Adormecida con el traqueteo de los émbolos, siente como van ascendiendo, igual que burbujas de aceite, hasta la superficie de su memoria, los recuerdos: el olor de las naranjas, la casa solitaria ante las dunas, el ángel de la plaza y el paraguas azul del Tiroliro, los girasoles blancos, una estrella de mar reseca, mutilada, oculta en una caja de hojalata.

Los relámpagos agrietan el cielo como un jarrón estallado, aunque al interior del confortable vagón de los Alfarat no llega el ruido de los truenos. Arrimado a la ventana, resignado a su suerte, rendido al fin en ese duermevela que también precede al sueño de los gatos, se le escurren las raspas de las sardinas tantas veces hurtadas del bar de la estación entre las molduras de cobre del cristal. Un lienzo de Paul Klee del que la lluvia borró los astros y las flores. Amir Alfarat ha salido a desentumecer las piernas. El olor de la tierra mojada le trae a la cabeza el motivo de este viaje. No había vuelto a sentir el aroma a romero de Sofía Costa hasta unos días antes de partir. Es incapaz de imaginar qué le deparará el destino al llegar a Moreda, pero siente que no puede sustraerse a su llamada. Viene de mantener una animada conversación sobre trenes y tormentas y regresa con un cuenco de leche que el revisor le ha dado para el gato. Al girar el picaporte se despiertan los dos, uno al lado del otro. Oriana abre los ojos asustada. En la noche de su sueño se multiplicaba el aguacero. Gruesas gotas de lluvia caían sobre la tierra como sapos. Un viento huracanado levantaba olas en mares de trigo iluminados por los rayos, arrastraba árboles, vacas, paraguas y peces abisales, retorcía los hierros de las vías y la máquina del tren salía volando por los aires con ella y con el gato asomados a la ventana.

Quinta

Nada se sabe en casa de los Oliveira sobre los comentarios que sitúan a Amaro en el barco de los Alfarat. Al fin y al cabo, seguramente es uno de tantos bulos que se han propagado a lo largo de estos años. Tristán ha comentado con la familia los insólitos sucesos del mediodía, la obsesión temporal que afectó a sus vecinos de modo similar a lo que había ocurrido cuarenta años antes. Apura una taza de café negro arrellanado en una silla de paja en el balcón. Está leyendo el diario, es de los pocos vecinos de Moreda que lee la prensa cada día. Más que nada tiene que ver con su afición a la lectura y no con su interés por las noticias. Cuatro son los ejemplares contados que se reparten en el pueblo: el de la casa de los Oliveira, el que recibe el cura párroco, el que se envía al Concejo y el de la taberna del puerto. El periódico no recoge crónica alguna sobre la llegada de Amir y de su hija. En realidad, las seis letras de Moreda hace mucho que dejaron de componerse en las cajas entintadas de las linotipias. Helena se columpia en un caballo de balancín. Lo había tallado Amaro con la rama que el rayo desgajó del viejo olivo. Se le ha desprendido uno de los grandes ojos negros que le dibujó, pero todavía conserva las trenzadas crines rojas. La casona de los Oliveira está en lo alto del pueblo. Desde las otras se divisa el prisma de la alta chimenea y la mampostería de los paredones recios, el hórreo de siete tramos y el bronce de las hojas del olivo sobresaliendo por encima de las viejas yedras de los muros. Ellos, desde la techada solana, oculto tras el paisaje de tejados, no llegan a ver el puerto, pero pueden contemplar el mar hasta más allá de la boca de la ría. De no ser por las nubes habrían podido ver el vapor de los Alfarat entrando en la ensenada. Tristán no quiere imaginar cómo estará el muelle a esa hora. Quizás cuando los deseados visitantes pongan el pie en la tierra, los de aquí se van a olvidar de nuevo de medir el tiempo. Hasta es posible que devuelvan los relojes. Tomó una pulgarada de tabaco de la petaca, desmenuzó las hebras en la cachimba de brezo, regalo de la estanquera en los días de los primeros escarceos, y les prendió fuego. El vicio le venía de familia. Amaro encendía unos cigarrillos con otros, los apagaba por la mitad y los dejaba reservados en la oreja. De tanto fumar, tenía los dientes amarillos y quemadas las yemas de los dedos, del color de las hojas secas de las viñas. Puestos en fila, los cigarros que ya llevo fumados, le aseguró en una ocasión, han de llegar más lejos de donde nazca el río Grande. Antes de pasar frente a las Brañas de Laíño el gran río atraviesa profundos desfiladeros y barrancos. Eran tan pocos los que habían alcanzado a ver las sierras donde surgen los borbollones de sus fuentes, que para el caso venían a ser nuestras Montañas de la Luna. Tristán Oliveira pensaba a menudo en las cosas inútiles y maravillosas que su abuelo le contaba de niño mientras aserraba los tablones de las barcas o trataba de curvearlos con la azuela. Su interés por los espejos y los mapas. El de la calabaza seguía en la taberna. No llegó a ver el espejo que levantó sobre los rompientes de Mainar porque lo desbarataron las tempestades antes de que naciera. Aprendió a identificar la secreta geografía de los astros, empezando antes de nada por la estrella polar, que hace girar los cielos con su imán poderoso. Y le enseñó los pájaros. De pequeño confundía sus nombres y buscaba petirrojos entre las constelaciones y nidos de betelgeuses en los zarzales. Amaro identificaba sus plumajes, los reclamos y los cantos, aunque tan solo el Tiroliro podía hablar con ellos, intervenir en las jerigonzas de sus conversaciones. Al menos ese era uno de los rumores que circulaban por el pueblo.

Tiró dos bocanadas hondas sintiendo expandirse en su interior el dulzor de la vaharada aromática, ajeno, indolente, sin querer cavilar en los estrambóticos sucesos de las últimas horas. Con las apariciones tiene el sueño cambiado y aprovecha ese momento de la sobremesa para cerrar los ojos y sestear un poco. Lleva ya un rato adormilado con el vaivén del ojo hipnótico que le queda al caballo. Sueña que la culpable de sus desvelos más recientes se resbala en los andamios y cae como un fardo sobre la podredumbre de sargazos de la orilla. Pero el entramado tendido para el desembarco permaneció firme. Crujieron, eso sí, un poco las maderas cuando Oriana Alfarat, acompañada de su padre, puso el pie en Moreda a las seis en punto de la tarde en medio de los aplausos de la gente. La pequeña banda municipal atacó una pieza de bienvenida ensayada esa misma mañana. Se dispararon dos o tres cohetes y el sacristán volteó animosamente las campanas. Ninguna autoridad civil se ha acercado a recibirlos porque no la hay, pero se podía percibir en cada gesto el afecto de sus antiguos vecinos.

A Amir se le veía algo envejecido, con el bigote entrecano, gastado igual que la empuñadura del bastón de espino albar que aún usaba. En el rostro avellanado se asomaban las primeras arrugas. Oriana se ha convertido en una hermosa mujer de tez morena en la que resaltan los grandes ojos verdes. El pelo negro, suelto, le cae sobre los hombros. Viste un sari de seda rojo oscuro y una blusa azul, con alamares. Solamente los relojes amaestrados de Aurora marcaron al unísono las seis. En medio del carillón desconcertado de los otros, que las daban cada uno por su cuenta, fueron muchos los que esperaron a que por las escaleras del barco, convertido en un enjoyado maharajá de Jaipur, descendiese Amaro Oliveira rodeado de servidores con turbantes. El que bajó fue el gato montaraz, caminando tras los pasos de Oriana con el penacho del rabo erguido, nervioso, pendiente por si acaso de cada movimiento, aunque acostumbrado a manejarse en aglomeraciones como estas. Eran casi las seis y cuarto cuando uno de los ejemplares más grandes y atrasados acabó de dar, por fin, las seis. Ni las visitas del orondo arzobispo al que le gustaban las lampreas y las lámparas habían reunido una muchedumbre semejante, apretada como el bagazo en el lagar. La novedad del picor cítrico hizo estornudar al gato.

El cielo se ha despejado de repente. Se deshilachó el nubarrón que encapotaba la Plaza de los Arces como un tiesto y desaparecieron las nubes. Desde la atalaya de los acantilados el Tiroliro observa los movimientos del cardumen de gentes que hormiguean al lado de la mole imponente del barco, una ventruda ballena rodeada de gamelas de papel.

Algunos atardeceres sube con el contramaestre Daosta a los roídos farallones. El marinero es ciego y ya no puede ver con sus pupilas de mármol los colores rasantes del ocaso. Con voz ronca y gastada le habla de otros adoradores de los crepúsculos, vigilantes en riscos como estos, con los que se fue encontrando en sus viajes innumerables, de mar en mar y de isla en isla. El Tiroliro cierra los ojos y lo escucha. Con la cara azul debajo del paraguas.

Acompañando el buque que leva anclas para retomar la travesía se arraciman bulliciosas las gaviotas. Resuena atronadora la bocina del vapor semejante al lamento de un dios enjaulado en la ría y al Tiroliro le parece como si una claridad irreal envolviese la villa de Moreda dentro de un pisapapeles.

La sirena del barco y los tirones que le da la pequeña Helena en el jersey despiertan a Tristán de su letargo. Desde la terraza, sin las nubes, ahora sí que pueden ver la silueta del buque que ha zarpado y se aleja con la proa enfilada hacia aguas abiertas. La estela blanca divide la bahía y la esfera de la Tierra en dos mitades. Le pregunta a la niña con qué hemisferio se queda para ella. Por unos y por otros, hasta la casa de los Oliveira irán llegando noticias del multitudinario recibimiento que se tributó a los Alfarat. Pero también han sabido que Amaro no venía con ellos.

En la casa de la duna esa noche Amir Alfarat cerró los ojos deseando que le fuesen mostradas inminentes revelaciones acerca de Sofía Costa que le diesen sentido al largo itinerario recorrido con su hija. Aunque nada soñó. Durmió como una piedra, si es que las piedras duermen. Oriana Alfarat tenía para escoger en su sueño todas las tardes de antaño, pero fue el sueño el que la eligió a ella y se le presentó Leopoldo Pinaza. Desde que la madre le rapó el pelo, harta de pelear con una plaga bíblica de piojos, Leopoldo Pinaza se había vuelto más retraído y solitario. Nunca ocultó su manía de capturar toda clase de insectos para examinarlos en el rudimentario microscopio que heredó de su difunto padre, veterinario afamado en las aldeas de la comarca, siempre serio y adusto, seco igual que la patada de la yegua que lo mató.

El hijo del albéitar, el pelado Pinaza, además del microscopio, heredó la austeridad de carácter de su padre y la afición por ciertos animales. Solo por los menudos y de cáscara. De manera que el avance de sus recolectas entomológicas incrementaba la distancia que lo separaba de los demás y daba pábulo a que se convenciesen de que acababa por comerse algunas de sus capturas repelentes.

Poco antes de que los Alfarat abandonasen Moreda, Oriana lo encontró un atardecer cazando grillos en un prado, ante la casa quemada de Valerio Quinto, y él acabó por confesarle, cabizbajo y cohibido, sin atreverse a enfrentar sus ojos verdes, la batalla de la madre con las liendres y su interés desmesurado por los bichos. Le reconoció, como quien desvela el mayor de los secretos, que él sabía exactamente en qué momento los insectos mostraban sus colores más intensos y era entonces cuando se esforzaba en atraparlos. Oriana no dijo nada, abrió la pequeña jaula de alambres de la que huyeron en desbandada los prisioneros: media docena de grillos azabaches y tres saltamontes con sobacos de amaranto. Lo miró con curiosidad y extrañeza al despedirse, sin hacerle un reproche, pero sin alcanzar tampoco a entender las razones que le daba. Leopoldo Pinaza quedó allí, aturdido bajo la luz menguante de la tarde, con su aire de melancólico desamparo, sintiendo que sobrevolaba su cabeza mocha un enjambre de cochinillas de centelleantes élitros verdes.

Con su cráneo mondo y lirondo de oveja trasquilada, embutido en una escafandra, se pasea Leopoldo Pinaza por el sueño de Oriana, recogiendo escarabajos por los collados de Moreda, bajo el resplandor de una luna que es una naranja enorme en la que se pueden distinguir los mares alisados y los circos estallados de sus cráteres. El cosmonauta ocasional, señalando con el dedo, va desgranando nombres que ella no conoce: Oceanus Procellarum, Tycho Mons, Mare Imbrium, Sinus Iridum…

Otra noche en vela para añadir al catálogo de insomnios del relojero trasnochado que camina descalzo por la habitación contando números, como si los números por sí solos fuesen algo. Una solitaria ráfaga de viento hace girar la roldana del pozo. Se asoma a la ventana. Cae la flor de una camelia. Un puercoespín avanza perezoso bajo las sombras de la huerta. Se tumba de nuevo en la cama, todavía vestido. Ahora al menos cuenta los nudos de la madera del techo, oscuras galaxias incrustadas en las tablas. Está deseando poder decirle a Aurora que ha vendido todos los relojes, pero cuando llega el momento, ella no se inmuta. Ni siquiera le hace un comentario como si ya estuviese informada de lo ocurrido. Se pone a realizar los traslados de cada madrugada. La semana pasada escondió uno de los anteojos esmerilados en un desagüe que aún sigue obstruido; la de antes, guardó un zapato viejo en el horno de piedra. La rosca anular de los domingos dejaba un regusto a cueros chamuscados. Esta noche dispone a su manera los tiestos más pequeños de las flores que van dejando descoloridos aros de moho en las baldosas. Tristán dormita callado esperando a que concluyan sus mudanzas. Parece entretenerse en desórdenes de poca trascendencia para los que han de reintegrar los objetos a su sitio. Pero no es así. Se encaminó a la cocina y las especias abandonaron la rinconera de roble donde estaban perfectamente distribuidas. Un par de horas más tarde el yerno pescador, que se dirigía de madrugada a capturar sus crustáceos, se tropezó con una pequeña torre de Pisa de tarros apilados en el rellano de la escalera y se derramaron el azafrán y el jengibre, el clavo, la nuez moscada, la vainilla y la pimienta negra. Los tres durmientes que quedaban, la hija de la difunta y los dos nietos, se removieron en sus lechos, primero hacia un lado y después hacia el otro, sin llegar a despertarse del todo, y los olores desparramados fueron adentrándose en las burbujas de sus respectivos sueños. Tristán no entiende por qué desordena los trastos de la casa. Algo la impulsa a hacerlo. Tampoco sabe presentarse en otros aposentos, en ningún lugar diferente del rincón de las begonias. Esas cuestiones le traen sin cuidado y no le pregunta sobre ellas. Lo importante sería tener noticias de Amaro. Finalmente, sentada en la poltrona de mimbre, rememora los años que han pasado juntos.

La sigue afligiendo esa congoja por no haberlo encontrado ni siquiera entre los muertos. En un tiempo le escribía dulces y laboriosos versos. Pasaba noches enteras recolocando, así lo decía él, palabras y silencios, declamándoselas a los geranios que por entonces adornaban la balconada de piedra. Los recitados ante el verde auditorio venían siendo para Amaro un ejercicio preparativo antes de leérselos a Aurora, a quien todos sus poemas iban dirigidos, hasta que un día determinó dejar sin más el sofisticado arte de la poesía.

No volvió a versificar hasta unos días antes de desaparecer. Abandonó el banco de carpintero y le daban las horas en la copa del olivo como cuando escuchaba los andares sidéreos de los ángeles. La familia había aprendido a ignorar esos comportamientos erráticos de Amaro. Esperaban simplemente a que volviese lo más pronto posible a la rutina de sus barcas. Tras días de podas y cribas léxicas en las alturas, había llegado a la conclusión indiscutible de que cada uno de los vocablos de la lengua era un poema completo, un pequeño universo cerrado sobre sí mismo, sin necesidad de explicaciones ni añadidos. Empapeló las paredes de la planta baja de la casa con decenas de hojas, cada una con una única palabra escrita con su caligrafía redondeada con ringorrangos de escribano. Y con el silencio que a cada nombre le correspondía, lo que venía siendo un simple papel en blanco. Estaba por hacer una gramática o un elucidario que diese cuenta de ellos. Había silencios de tierra y de naranja, en nada distinguibles a la vista los unos de los otros. Y silencios de Aurora. Tristán fue testigo de esos hechos y los había observado con idéntica perplejidad. Ahora le contará que dejó de hablarle durante varios días al verlo encaramado de nuevo entre las aceitunas. Por mí, puedes quedarte en el árbol, le dijo torciendo el gesto, hasta que el san Juan de la iglesia baje el dedo, pero después llegó a pensar si su desaparición entre las sombras del solsticio no tendría que ver con el pintoresco alfabeto en el que se ocupaba pocos días antes y si acaso fuesen aquellos papeles sueltos, códigos que no habían sabido descifrar, presagios o advertencias. Esa duda y esa preocupación se las ha expresado a Tristán en noches diferentes.

También le ha contado que poco antes del instante final creyó sentir un olor como de almendras amargas que parecía venir desde muy lejos, y después, el desgarro de una lámina más fina que la seda de Moreda. Traspasado ese umbral estaba convencida de que por fin se encontraría con Amaro, pero se vio deambulando por poblados vacíos, iluminados por la luz cansada de un sol de medianoche que se mantenía inmóvil sobre la línea del horizonte, sin llegar a ocultarse. A Tristán lo angustia esta parte del relato. Imagina a su abuela errando por esos espacios desolados. Aurora no sabría expresar con certeza cuánto tardó en encontrarse con los primeros rostros familiares. Ninguno tenía noticias de Amaro. Habían vagado desorientados por esos escenarios descoloridos y fueron muchos los que notaron el olor de las almendras.

Lo primero que perciben por lo visto los muertos nada más morirse es que a las cosas les falta la luz, como a esos cantos rodados que quedan apartados de la corriente de los ríos, pero después de tantas noches en vela recopilando fragmentos de discursos inconexos, Tristán ha venido a concluir que con el paso del tiempo todo se va recomponiendo hasta acabar por parecerse en su forma y en su color a lo de antes. Además, cada cual insiste en recuperar las antiguas distracciones, en volver a recaer en sus manías.

Hasta aquí llegaban, *grosso modo*, las revelaciones que fue recibiendo sobre las topografías y paisajes de ultratumba. Esa continuidad inesperada entre la vida y la muerte lo dejaba confundido. No es que desease lo contrario, pero algo debía haber que se le escapaba a su difunta abuela, a no ser que la muerte rigurosa fuese un mero trámite o una simple cuestión de perspectiva.

En lo tocante a la política, una vez que los finados están asentados en el más allá, es común que se junten en bandos y facciones, cada uno según sus afinidades electivas. Para que se quedara más tranquila, Valerio Quinto, el compañero de fatigas de su marido, pedáneo ahora en territorios del trasmundo, reunió una estantigua de republicanos escogidos y recorrieron en su busca aquellas poblaciones y los parajes glaucos y cenicientos que se extienden entre ellas, a los que la vista tarda en acostumbrarse, porque es en esa largura desnuda de los yermos donde la muerte se hace más presente. Pero Amaro no apareció por ningún sitio. Tenía, por lo tanto, que estar vivo. Al antiguo alcalde de Moreda le había costado habituarse a las caras pasmadas de aquellos taberneros y al vino flojo y aguado que se despacha por aquellos ventorrillos, pero acabó por descubrirle la delicadeza y la substancia, y aunque esperaba que su amigo tardase en reunirse con ellos, llegado ese momento, con el permiso de Aurora, habían de proseguir juntos sus andanzas por las bodegas de la tierra de los muertos.

Una de tantas noches que los dos camaradas pasaron juntos en el reino de los vivos, en las que se sabía cuándo Amaro salía de casa, pero no cuándo había de volver, su mujer se lo dejó bien claro, con voz sosegada pero firme.

«O vienes a su hora o duermes con él». Y después de vaciar varias jarras de vino de los toneles de Demetrio Lobos, durmió con él. Dos vagabundos en el país de la Cucaña, desplomados como sacos de tierra junto al ángel de la plaza. Antes de cerrar los etílicos ojos trataron de colocar en equilibrio sobre la naranja de bronce un vaso de vino que se acabó escachando contra los adoquines. Se encomendaron, riendo, al viejo Job, que también dormía la mona arrimado al moral, en lo alto del consistorio.

Tras pasearse por el corredor de los pasos perdidos comprobando la exactitud de los relojes, Aurora se queda mirando a través de los cristales del ventanal, esa noche limpísimos, hacia el pináculo azulado del hórreo, alumbrado por la luz de una luna casi llena. El otro remate era un reloj de sol tallado en el mismo granito que le dio forma a los oteros de Moreda. Lo había derribado un vendaval el año en que se casaron. Nunca se resignaría a dejar de buscar a su marido. Si algo tienen para gastar los difuntos es el tiempo, aunque la abrumaba el que se le presentaba por delante, como una feria larguísima sin ganado ni gente. Tristán esta noche se mantiene despierto. La ve acariciar las flores, entre las que desaparece, con las manos yertas.

Roen ratas en los graneros del tiempo. Aurora se recoge para las cámaras de la muerte con un crujir de enaguas viejas. Tristán puede dormirse al fin, rendido. Sueña con relojes sin agujas hundidos allá abajo en las aguas de la ría, entre estatuas de mármol que tienen pequeñas calabazas verdes en los ojos, carcomidas por costras de lapas milenarias. El ángel de los arces pasa batiendo las alas de bronce sobre el mar. Hasta que por fin alborece en Moreda un cielo limpio de nubes, de un azul de loza vieja, con el olor de las flores de naranjo que se abren en la luz de la mañana.

Los domingos es día de mercado en la Plaza de los Arces. Tráfago de carretas y feriantes espantando las palomas que en la estatua del ángel no se posan y buscan la tranquilidad de los tejados. Algunos comerciantes sacan sus puestos a la calle, pero también se acercan vendedores de todo pelo, chamarileros, vendehúmos, quincalleros, charlatanes.

Miranda Sabina se despertó temprano para ordenar las cajas del herbario con adornados letreros en los que especifica, antes que las propias plantas, su uso terapéutico: hemorroides, anginas, flatulencias, tisis, desasosiegos, disenterías… La especiera se hace cada año con varias pepitas de girasol. Hacia principios del otoño, de algunas de las cabezuelas blancas se desprenden las semillas, nunca más de dos o tres docenas en toda la dilatada extensión. Se cotizan a buen precio como panacea para sobrellevar los achaques más comunes.

El librero portugués expone delante de la tienda los títulos más demandados en económicas ediciones de bolsillo. Los ejemplares raros y curiosos los reserva dentro. Huele a pan horneado. Cumplida la media mañana, medita el enharinado panadero Grimaldi en la distribución en sus banastas de las crujientes hogazas y molletes. Todo es un ir y venir de gentes, en medio del algareo de las voces, manoseando las más variadas mercaderías. La mayor concurrencia de visitantes se da a la salida de la misa del templo parroquial, aunque más de una vez ha tenido que salir el cura en medio de la eucaristía para reprimir el vocerío de los abaceros. El viejo ángel de bronce, bregado ya en las artes del regateo, puja y discute con ellos para sus adentros. Contempla con nostalgia las postales en sepia del fondeadero de Moreda con insólito trasiego de mástiles que no le es desconocido. Observa inmóvil las cartas marinas despellejadas por la navegación de tantas manos, los óbolos de bronce y las hermosas jarras sargadelas, herradas de aros de latón que nunca volverán a ver el agua, retales de mil géneros, piezas de lino y de lana, vasijas de barro cocido y grasientos peroles renegridos, cucharones, cazos, copas de cristal, tiesos soldados de plomo, damajuanas, dos muñecas con los ojos vidriosos que aparecieron en la playa, una pipa de espuma de mar y un orinal de peltre, atados de flores secas y simientes de todo lo que en estas tierras alguien pueda sembrar... Despojos que las mareas del tiempo van trayendo hasta la orilla de la lastra sobre la que se asienta el ángel.

Antes del desembarco de este sábado, además de los aparatos de la tienda de Aurora, muy de cuando en vez, con suerte, los que se allegaban a Moreda se podían hacer con alguno de los relojes que no se habían arrojado al mar en la primera epidemia del tiempo, pero los pocos que se guardaban casi siempre se vendían clandestinos, incluso lejos de los tenderetes ambulantes, como si fuese una deshonra haberlos conservado.

Con todo, décadas después de que se desvaneciese su comercio, el centro del mercado de los domingos seguían siendo los paños de seda, aunque por fortuna los propietarios, sabedores de su valor, eran remisos a deshacerse de ellos. Venían de muy lejos para comprar las telas más preciadas: terciopelos, damascos, moarés, rasos, tafetanes. O, tanto mejor, los trabajos rematados: pañuelos, dengues, mantos, esclavinas, refajos, tocas guardadas en los arcones herrados de muchas casas. Se pagaban bien los artefactos relacionados con su manufactura: husos, ruecas, calderas, telares.

Las ilustraciones y grabados describían la vida, milagros y metamorfosis del *Bombyx mori*, el gusano de la seda. Desde aquella lejana emperatriz de la China que descubrió los hilos finos y brillantes de un ejemplar ahogado en su taza de té hirviendo, hasta la aparición de sus huevos minúsculos en Constantinopla, escondidos en el interior de unos bordones de gruesas cañas de Indias por dos monjes bizantinos enviados a Oriente por el emperador Justiniano. Relataban los dibujos el complicado proceso de su producción textil: la recolección de las hojas de las moreras, la selección esmerada de los capullos, naranjas, blancos, azufrados, verdemar, el tempero del vapor con el que se corta de modo atroz el sueño de las crisálidas, el hilado en las ruecas arrumbadas ahora, envueltas en telarañas seculares en los alpendres comunales de la plaza, la ciencia milenaria del teñido, la urdimbre final en forma de gasas, blondas, encajes, cintas o crespones.

Para guardar memoria de las edades pasadas los chiquillos de la escuela preservan las orugas entre ramas de brezo en las cajas de cartón de los zapatos, las airean a diario y desmenuzan para alimentarlas las anchas hojas. Se las trae el Tiroliro de las viejas moreras asilvestradas en las que se ocupa aún en criar unos cuantos gusanos para ver a su tiempo las envolturas suspendidas, como fanales de oro iluminando el Bosque de las Torcaces. Pero los días de la seda en Moreda hace mucho que acabaron, arrastrados, inexorablemente, por un viento inmemorial, hacia el mar de las cosas olvidadas.

Sexta

Amir Alfarat se ha levantado ansioso antes de romper el día. No se acordó de atusar con la cera virgen su mostacho, como hace concienzudamente cada mañana. Camina descalzo por la playa solitaria. El viento del amanecer esparce el polvo de la arena más fina sobre el creciente de las dunas. Una bandada de charranes de picos aguzados se aleja chillando de los acantilados. Bancos de pequeños peces se desplazan a flor de agua sorteando las crestas de las olas, cangrejos verdes huyen a su paso en diagonal hacia la espuma. Caparazones vacíos de erizos, algas filamentosas, fragmentos de corales deslucidos... Espera poder ver en donde sea algún indicio, una señal; en las conchas rugosas de las ostras, en las marcas rizadas de la arena, o en una de esas costras que la sal marina forma en las concavidades de las rocas.

A Oriana la despertó una mujer de atejadas mejillas. Le habla con una familiaridad que le sorprende, puesto que no es capaz de reconocerla. Una vez que se ha muerto su marido, al que Amir había encomendado ocuparse de la casa, ha quedado ella de casera, a cargo de las pertenencias de los Alfarat, y mantuvo el edificio en bastante buen estado. Fregaba los suelos una vez al mes, abría las ventanas y sacaba el polvo de las alfombras y los muebles. Ordenó que se retejara y se le diese una mano de pintura, reparando de paso ménsulas desportilladas y cornisas roídas por los dientes del tiempo. No se podía decir lo propio del patio posterior, convertido en una selva reducida de la que habían escapado las gallinas guineas y los pavos reales. Las primeras acabaron muchas de ellas en las cazuelas de los vecinos, en guisos de aromáticas pepitorias aderezados con finas hierbas. Cuando trataron de echar mano de los pavos, que se habían reservado esperando a que engordasen para ser asados en los días de fiesta, fue la casera de los Alfarat la que puso el grito en el cielo, que a ver dónde se había visto, que si éramos salvajes y que si Amir volviese… En el sermón dominical de unas misiones, el docto abad de las Brañas y Junqueras proclamó desde el púlpito, amplificado por el tornavoz tallado en forma de gran vieira jacobea, que los pavos reales son símbolos de la sabiduría y la resurrección y esto calmó el repunte de los ardores venatorios. Llegó un momento en el que todos respetaban las aves que quedaron. Todavía se pueden observar ejemplares magníficos por los arrabales y en los campos, deambulando por las calles o bebiendo en la Fuente de los Pájaros. A los animales de la fraga debieron llegarles los ecos de la homilía de los pavos, porque no los amenazan ni se comen sus pollos ni sus huevos.

Repican espoleadas por el sacristán las campanas llamando a misa de once. Tristán cruza por las entrañas del mercado en dirección a la cantina de Demetrio Lobos. Un cosmos en miniatura entre barracas, toldos y tenderetes por el que pulula un ejército de trajinantes y tenderos. Conforme se va acercando al puerto, empieza a ver más y más relojes destrozados por el segundo andancio del tiempo. Dos urracas picotean unos remaches cromados. Amaro le contó que las urracas ladronas, a lo mejor para contrastar con el blanco y negro de sus libreas funerarias, se llevan a los nidos los objetos llamativos y brillantes. Entre los trozos de chatarra ha podido distinguir fragmentos de alguno de los aparatos que vendiera, obras de precisión en las que las manos de Aurora perdieron días enteros en reparaciones y arreglos. Como si sus propietarios, poseídos por alguna fuerza irrefrenable, se entregasen con saña a destruirlos. Casquillos, ejes, platinas, volantes, cojinetes, todos esparcidos por el suelo como restos de un naufragio. Agujas retorcidas, péndolas y balancines abollados, ruedas y piñones que han perdido sus muescas, muelles destensados, esferas que más bien recuerdan a platijas y rodaballos de vidrio aplastados contra las piedras sin reparo, con las cifras romanas desprendidas, carcasas vacías, armaduras abandonadas como cáscaras de nuez… Incapaz de detenerse, Tristán decidió pasar de largo, hasta que entró por fin en la taberna.

A la salida de la misa, en la sala de juntas del Concejo se procede a reunir los diferentes géneros que han traído los vecinos para hacerles más llevaderos a los recién llegados los primeros días de su estancia. Moreda fue siempre villa hospitalaria y acogedora desde los tiempos en que se daba cobijo a los náufragos de los barcos que encallaban en los arrecifes de estos mares turbulentos. Ante la avalancha de voluntarios, se sortea quién acudirá a la casa de los Alfarat para llevar los donativos y la suerte recae en los hermanos Mauricio y Rinaldo Pan, hijos de la difunta Hortensia Florida. La madre había muerto años atrás, al resbalar un atardecer de llovizna sobre el musgo de los peldaños de la capilla de Santa Lucía. Era el día de la romería.

Por el camino lajeado, que asciende a la colina entre cercas en ruinas, avanzaban grupos de cofrades y penitentes portando exvotos de cera, y antes de ellos, sin llegar a mezclarse, los más fiesteros con los odres de vino y las empanadas especiadas, redondas como ruedas de molino gigantescas. Fueron los primeros que llegaban para coger el mejor sitio en las inmediaciones de la ermita quienes encontraron muerta a Hortensia Florida. Tenía los ojos abiertos, mirando hacia la santa repolluda de piedra, que desde una hornacina ofrecía los suyos, semejantes a dos berberechos de granito posados en un plato. Santa Lucía le saca a la noche para ponerle al día. El dicho popular rememora los siglos medievales en los que el solsticio de invierno coincidía con la celebración, el 13 de diciembre, antes de la reforma del calendario gregoriano, que lo dejó como al presente está. Pero la beata Lucía no había puesto aún en las horas borrosas del crepúsculo la necesaria luz para que Hortensia Florida reparase en la humedad de las gradas en las que se desnucó cuando volvía de verse con su amante Demetrio Lobos, el dueño de la tasca del puerto. Se citaban en el atrio de la capilla que se yergue sobre una loma a las afueras del pueblo. Protegidos de miradas indiscretas por un bosquecillo de acacias negras, entre toscos sepulcros y cruces florenzadas de piedra, tenían por únicos testigos de sus apasionadas escaramuzas a los vencejos. El ciego de Bustelo versificó la tragedia de Hortensia Florida con todo lujo de detalles en un romance de ritmados octosílabos, pero no se paraba a comentar los amores ilícitos, pues ya en alguna feria lo advirtieron por tener la lengua afilada de más y querer hervir en todos los pucheros.

Mauricio y Rinaldo Pan, hijos de distintos padres, tan diferentes a la vista, eran dos almas gemelas. Pasaron juntos sarampiones y viruelas y mostraban idénticas marcas rehundidas en la frente. A Mauricio, el verdadero hijo de Lisandro Pan, se le contaban las costillas, tenía los huesos estrechos, la altura exagerada y la languidez extrema del padre. Enganchaba en unas erres arenosas y guturales y hacía toda clase de piruetas verbales para no tropezarse con ellas. El *mag* era «la casa de los peces» y «esa gente que vuela» eran los *pájagos*. Al *zoggo* le llamaba «el can de las gallinas», evitando asimismo el *peggo* que le salía al paso. Por eso, aunque fuese más florido su vocabulario, casi siempre dejaba que el hermano tomase la palabra. Rinaldo Pan, el hijo de Demetrio Lobos, tampoco podía negar a quién se parecía, había heredado la corpulencia y la osadía del ventero, caminaba con el pecho erguido y arqueado como las cambas del carro y mantenía las orejas translúcidas del progenitor en las que la luz dibujaba filigranas lobuladas, diferentes según la hora del día. Había cerrado más de una boca a puñetazos si alguien pretendía burlarse de las erres de su hermano o de la hombría del padre que lo crio y del que llevaba el apellido. El verano en que se buscaba por Amaro desbrozó con un hacha medio ferrado de espinares en el monte de las torcaces, un paraje enmarañado e impracticable donde ni se atrevían a entrar los jabalíes.

Cuando se presentaron en casa de los Alfarat la criada se asustó al verlos plantados ante las escaleras de la entrada. Llevaban un enorme canasto colgado de un varal con toda clase de vituallas. Le recordaron los porteadores que en las estampas de la Historia Sagrada regresaban de la Tierra

Prometida. Solo que el hercúleo Rinaldo Pan parecía que arrastraba a su hermano endeble además de llevar cargado el cesto. En nombre de su padre, que no había vuelto todavía, Oriana les agradecía las viandas, los dulces y las frutas, pero trataba de devolverles dos relojes incluidos en el lote. Los hermanos Pan los habían comprado el día de antes en la relojería y se salvaron del estropicio, pues, aunque acudieron al muelle, se olvidaron cada uno por su lado de llevarlos. También ella los recordaba siempre juntos, arrimados uno al otro. Sincronizados como los Morez de los Oliveira, entrelazados por ataduras invisibles, repetían a menudo distracciones y ocurrencias. Se rompieron los dos la pierna izquierda por el mismo sitio y en el mismo día, pero en lugares separados. El enjuto Mauricio Pan se resbaló sobre las piedras del dique a la hora exacta en que su hermano Rinaldo acechaba una bandada de lavancos azulones en las Brañas y se caía con toda su pesada humanidad desde la rama de un fresno.

Al observar los aparatos comprobaron que estaban los dos parados en las seis. Les dieron cuerda y los sacudieron tanto que despertaron al gato, que dormitaba amodorrado en la alfombra. Rinaldo Pan los apretujó entre las manos formidables antes de acercarlos al pabellón auricular que delataba su progenitura, pero las agujas siguieron firmes en su posición.

El mar está tranquilo como un plato, sin una pizca de viento. Amir Alfarat pasea por el malecón. El esqueleto de una gran concha abandonada entre una maraña de redes le recuerda a Sofía Costa. Las manos de una mujer que cose una vela rota le recuerdan sus manos. Sobre los bloques amontonados del espigón, que resguardan el puerto, hay echadas casi una docena de cañas y están entrando bien lubinas y jureles. Pescadores que distraen las horas libres pescando. Amir charla con ellos como si continuase una conversación que se ha iniciado ayer y no hubiesen transcurrido nueve años. Le sigue encantando conversar. Hablar por hablar, de lo que sea. Poco o nada ha cambiado desde entonces. Sigue sin beber vino ni licores, así que tiene que aplacar de otra manera sus recuerdos. Tampoco es jugador. No ha cambiado sus costumbres de antes, por eso ha de ser raro verlo en la taberna.

En la tasca se juega al truco y a la escoba. A las flores en el truco se les llama *girasoles* y el caballo de oros se conoce, con cariño, como «el burro de Aurora». En muchas casas se echa una brisca de seis en las sobremesas del verano bajo la sombra violeta de las uvas y se cuentan los tantos con granos de maíz. Alguna gallina ha terminado en la olla por llevarse picoteando la mitad de una partida.

El contramaestre Daosta, ya de ciego, se ha pasado al ajedrez. Acostumbrados al bullicio de los naipes, sus vecinos hubieran preferido cambiar esa austeridad de enterrador que rodea el juego y poder dar un puñetazo en aquellas mesas llenas de lamparones o soltar, al perder una pieza, un juramento. Aun así, formaban ya un pequeño grupo los que podían discutir sobre gambitos y aperturas. A esta hora está jugando con Tristán. El tablero de madera de boj tiene los escaques negros rebajados y las figuras blancas con unas hendiduras laterales para poder diferenciarse al tacto. Se lo preparó Amaro con sus gubias y formones, repasando el cepillado con una lasca de vidrio, igual que hacía con las barcas. Su amistad había empezado a fraguarse en tardes de la infancia, persiguiendo lagartos sobre las paredes enjalbegadas de Santa Lucía o anguilas escurridizas en los recodos del río Viejo. En la biblioteca de los Oliveira, rica en voluminosas enciclopedias, se asombraban ante los viejos mapas ilustrados. Sobre las láminas coloreadas del *Theatrum Orbis Terrarum* extendidas en el piso de madera navegaban los barcos de papel imaginando futuras singladuras: Scandia, el Reino de Persia, las tierras del Preste Ioan... En los años de viaje del contramaestre, Amaro recibía antes que nadie el testimonio detallado de sus itinerarios. Siempre volvía con algún recuerdo para su amigo que no podía navegar. Brújulas, catalejos y compases, geodas, trilobites, piedras del rayo, peces luna disecados o dientes de narval iban ocupando su lugar entre las lozas indianas del aparador y en los estantes de los libros. Cuando el salón de la casa empezó a dejar de ser un gabinete de curiosidades y maravillas para convertirse en un atiborrado mercadillo que amenazaba con sobrepasar la paciencia de Aurora, la ceguera del marinero le obligó a abandonar sus travesías y dejaron de amontonarse los objetos.

Durante los meses que siguieron a la desaparición de Amaro el contramaestre se acercaba todos los días a la casa de los Oliveira a preguntar por él. Hubo quien lo hacía de ermitaño en inhóspitas regiones alimentándose de miel y saltamontes o navegando entre montañas de hielo por las soledades árticas, curado de sus mareos oceánicos. Otros afirmaban haberlo visto mendigando en la ciudad, pidiendo limosna a las puertas de la gran catedral, debajo del rey que rasga una cítara de piedra soñando con los campos galileos. Rumores sin ningún fundamento que procedían de los lugares más insospechados. Se comprobaron uno por uno sin que arrojasen una chispa de luz sobre su paradero. Nadie pudo aportar un indicio razonable por pequeño que fuese acerca del extraviado Amaro. Ni siquiera los titiriteros de Barriga Verde que recorrían de una punta a otra de la costa estos pueblos del confín.

Al contramaestre, como es de suponer, tienen que cantarle en alto los movimientos de las piezas. Se quedó ciego en la que había de ser la última de sus navegaciones. En mala hora se acercó con su barco para hacer provisión de aguada a unas pequeñas islas invadidas de ortigas con dos o tres árboles apenas, situadas no lejos de la línea ecuatorial, tal vez emergidas del fondo del océano, pues no figuraban registradas en portulanos ni cartas náuticas. Un fuerte temporal de viento y lluvia desbarató las velas e hizo zozobrar la nave. Allí quedaron sus cinco hombres, arrojados por las olas a aquellos oscuros arenales, dormidos en el sueño incrédulo de los ahogados, bajo el ramaje de árboles de los que no conocían los nombres, de frutos transparentes, balanceados por la brisa del mar.

Pocos son en Moreda los que creen al pie de la letra estas narraciones fabulosas. Amaro Oliveira las defendió ante quien fuese preciso. Lo que nadie puede poner en duda es que no se encontró el cuerpo de ninguno de los tripulantes ni el más mínimo resto del naufragio y al marinero lo recogió un buque mercante, desfallecido, amarrado a un pontón de palosanto a mil millas de toda costa habitada, con los jirones cancerosos de niebla que seguían velándole los ojos. Tal vez el delirio de los días de insolación acabó de darle forma a su relato. Cerró el cuaderno de bitácora y nunca volvió a salir a navegar, ni acompañado en horas de bonanza por las aguas de la bahía. Algunas noches dice que sueña con sus náufragos. Les cuenta las novedades de la villa, lo tardías que pintan ese año las cerezas, la llegada del buque con los dos esperados viajeros. Ellos permanecen callados en el sueño, sin nada que decir. Es tan grande el silencio que se puede oír cómo crecen las ortigas.

A las once y media de la mañana llegó a la taberna el Tiroliro. Plegó el paraguas y lo colgó de una argolla de la pared, entre dos toneles viejos con los aros roñosos, bajo el alero de la entrada. Buscó en el mapa-calabaza las fuentes del Nilo en las selvas de África y bebió un vaso de agua fresca. El Tiroliro vive en un viejo molino en el que ya no se hace molienda. Se lo vendió Amaro a cambio de una cesta de cerezas negras. El documento que recoge la venta fue firmado y registrado ante el notario, que preguntaba sorprendido si había entendido bien, si la cabaña era realmente una cabaña, si era la cesta, una cesta, y si las cerezas tenían por fuerza que ser negras. Cubierta de musgos y de hiedras, la cabaña está en medio del bosque de las palomas bravas, en el margen de un regato mucho más pequeño que el gran Nilo, pero tan antiguo como él: el río Viejo. El Tiroliro conoce sus raudales y remansos; el berrocal en el que brota en los cotos de Buxán, las cascadas cercadas de helechos arborescentes, aguas arriba del molino; la hilada de los ocho viejos fresnos, los recodos sombríos abovedados de robles y alisales. Se puede atravesar por muchos pasos aprovechando los troncos caídos o saltando de piedra en piedra. Dejada atrás la espesura de la floresta el pequeño cauce discurre a la vista de todos, cruza por delante del campo de girasoles, pasa bajo el único arco del puente del camino real, mueve los rodeznos de la fragua del herrero, atraviesa pequeños cortinales, llosas, huertos de coles, se desliza por las piedras gastadas de las lavanderas y rodea la colina de Santa Lucía para desaguar en el río Grande, que desemboca en el mar unos cientos de metros más abajo, hacia el sur de los acantilados de Mainar, en un estuario de sedimentos arrastrados por el río y de largas lenguas de arena anegadas por las mareas.

Los inseparables hermanos Pan acaban de llegar a la taberna. En cuanto entró, Rinaldo pidió una copa de aguardiente y la bebió de un trago. Habló por los dos, sin que le preguntaran. El hermano que arrastra las erres confirma con acompasados movimientos de cabeza lo que dice. Contó punto por punto la conversación que habían tenido con Oriana Alfarat, así como la enigmática parada de los relojes en las seis de la tarde. En realidad, estuviesen adelantados o atrasados, todos se habían atrancado en esa hora, aunque nadie se acercase a comprobarlo. Y menos ahora que fluye el vino tinto de las inagotables barricas de Demetrio Lobos. Se charla de lo divino y lo humano, con todos sus matices intermedios, del retorno inesperado del vendedor de bombillas y de los ojos relumbrantes de su hija, de las dimensiones nunca vistas del barco, de la pesca de anoche y de la ausencia de Amaro, pero no sobre las maquinarias destrozadas que cubrían las calles aledañas al puerto. Ninguno va a querer extenderse demasiado a propósito de lo que pasó ayer. Del tiempo no se habla en Moreda, como no se menta la soga en casa del ahorcado. Lo que Tristán, que estaba en ese momento en medio de su partida de ajedrez con el marino ciego, no puede entender es por qué se pararon en la misma hora los aparatos que él vendiera.

El contramaestre rememora las andanzas de joven con su abuelo, cuando trataron de subir al barco de las luces o la madrugada que cruzaron a nado el río Grande de vuelta de una verbena. A tales horas, como es lógico, ya no había barquero y se salvaron de ahogarse agarrados a las raíces de unas espadañas, atrapados en los remolinos traicioneros de las Torres que giran a contramano de las agujas de los relojes. El Tiroliro escucha la conversación y sigue con curiosidad los movimientos. Está sentado en un taburete de pino a una cierta distancia de los jugadores, en una de las mesas del fondo de la taberna, arrimado a la pared pintada, porque dice que allí se está más fresco, entre colgaduras de algas, bajo los pechos de limón de las sirenas. No se le ha conocido mujer. No se sabe con certeza su edad ni su nombre verdadero. Todos lo recuerdan siempre así, sin que cambien apenas ni él ni su paraguas. Y nunca pide más que un vaso de agua. De lo fría que sale, empaña los vidrios de las jarras. Canalizada por una acequia de piedra y entubada por arcaduces de barro, el agua brota a borbotones, poco antes de llegar a su cabaña, no muy lejos del río hacia el que antes corría, en un lecho de arena y de guijarros ovalados como almendras, al pie de un viejo endrino que da unos frutos azulones que dejan rasposa la lengua.

En el Bosque de las Torcaces son numerosos los pozos y las fuentes. Alejado del río, hacia el sudeste, nace el más escondido de cuantos manantiales brotan en la fraga, al amparo de unos peñascos cabalgados unos encima de otros. Sobre la piedra que les sirve de asiento puede verse esculpida una serpiente enroscada como el reborde de una empanada. La prominencia que quiere representar la cabeza del ofidio, muy erosionada por los años, figura escaparse de la piedra de granito que la encierra, y de la boca abierta en una grieta surte el chorro de agua. En el hontanar se celebraron por lo visto ritos iniciáticos y lustrales ya olvidados, quizás dedicados a divinidades del agua de las que nada sabemos. Los caminantes evitan aproximarse a estos parajes, aunque ahora no sean más que un ameno calvero por el que discurre un pequeño regato de aguas claras rodeado de robles venerables, que, ajenos al paso de las estaciones, conservan las bellotas y las lobuladas hojas todo el año, cogiendo los tonos cobrizos que les son propios en otoño y los del follaje verdecido en primavera.

El hombre del paraguas consiguió expulsar a los cazadores de estas arboledas. Desarmó cepos, lazos, grilletes y trampas de huroneros. Todavía se pueden ver en las ramas de algunos árboles los pesados cencerros que le forjó el herrero para alertar a los animales. Fue en los días en que los monteros se adentraban con sus sabuesos en la espesura de la floresta dando caza a los zorros rojos y a los torvos jabalíes o a los venados de pie blanco cuya carne vuelve melancólicos a quienes la prueban. Era tal el barullo de los badajos que los jinetes se veían incapaces de contener el piafar de los caballos desmandados y se perdían desorientadas las jaurías de podencos y lebreles. Así que se apagaron los ecos de los cuernos y las escopetas retornaron a la paz de los armeros. Incluso ha corrido a paraguazos a pescadores sin escrúpulos que estrechaban con terrones el cauce del arroyo para capturar las truchas o trataban de adormecerlas con raíces de torvisco.

Los grandes esquilones le sirven además para anunciar a todo trapo la llegada de los comediantes que vienen cada año a estas aldeas. Hace vida con ellos cuando acampan con sus carros en la linde del bosque, a la orilla del río. Incorporaron una figura suya a las representaciones, con el paraguas de madera azul y el abrigo de fieltro, de mangas entorchadas. La marioneta sustituye a un Polichinela de chaleco rojo con la barriga verde que se encarga de hacer de maestro de ceremonias dando paso a las aventuras de fantoches de trapo, viudas alegres y curas avaros con el alma de palo, arlequines rellenos de paja enfundados en sus trajes de losanges.

Al Tiroliro le gusta ver correr el agua hasta en los mapas, seguir el curso de los ríos. El contramaestre le va describiendo los más largos entre aquellos que surcan el planeta, desde su nacimiento hasta la desembocadura, y él los señala en la calabaza gigante con el dedo. Algunas noches se queda al pie de la fontana de los pájaros, con la única compañía de los pavones noctámbulos que acompasan con sus chillidos el borboteo de los caños en el silencio de iglesia de las madrugadas.

Por fortuna para Demetrio Lobos no son muchos los clientes que tienen esa afición acuática. El cantinero despacha refrescos y un licor de cerezas de un rojo ensangrentado, aguardiente del país, cristalino, purísimo, que deja rosarios de burbujas al girarlo en la copa, cerveza y uno o dos barriles de sidra, según se dé la temporada, esta de balde, para consumir en los grandes festejos y celebraciones. La elabora con la viga de prensar de una lagareta vieja en la que se estrujan las frutas silvestres que los vecinos le traen de los Pomares del Viento. En los días huidizos de finales del otoño una rama de manzano anuncia la sidra nueva sobre el dintel de la puerta de la taberna. Este año se ha gastado casi toda en la fiesta del San Julián, que se celebra nada más empezar el año, después de la de los Magos. Pero antes que nada vende vino a espuertas, tinto mencía, afrutado y oloroso a lejanos naranjales, aterciopelado en el paladar, amante, criado en toneles de roble del país y cultivado en cepas de espaldera, en los bancales rojos de los cantiles de Mainar. Las uvas, de racimos apretados, de un negro rubí, concentran las coloraciones telúricas del suelo y parece que con cada trago se bebiese también un poco de la sustancia mineral de las tierras de Moreda y de sus arrebolados atardeceres.

Septima

No era desde luego una decisión improvisada. Leopoldo Pinaza tenía pensado visitar a Oriana Alfarat aunque no hubiese salido elegido en el sorteo. Ahora vive en la casa de Valerio Quinto, donde se encontró con ella por última vez. Lleva nueve años esperándola, rumiando este momento, viendo girar sobre su cabeza cada noche los bichos de alas verdes. Está distinto. El pelo lacio que le cortó la madre para erradicar los piojos le cubre las orejas y se ha dejado unas patillas largas, desaliñadas como nidos de pájaro, pero conserva el mirar huidizo y espantado. Hablaron del cambio de peinado y sobre la marcha de Moreda. Oriana le pregunta si se sabe al fin dónde se oculta el vergel de los naranjos y si han cambiado de color los girasoles. Pero Leopoldo Pinaza apenas es capaz de poder ver más que saltamontes e insectos hoja que lo arrastran girando en el torbellino de sus ojos. Él sí que tendría cosas que contarle. Se le amontonarían, como hormigas en su boca, las palabras. Por ella trabajó de vigilante en el Museo de Historia Natural de la capital, hurtando, hasta que lo expulsaron, los escarabajos más vistosos de sus depósitos para añadirlos a su gabinete entomológico. Para ella compró y restauró la casa quemada de Valerio Quinto, empeñando la herencia de los padres, y en la punta del tejado a cuatro aguas mandó colocar una veleta de hierro pavonado que le encargó al herrero. Tiene la forma de un gran ciervo volante con su ramificada cornamenta de coleóptero y los grandes élitros abiertos. Por ahora no viene al caso revelarle esas confidencias. Tiempo tendrá para hacerlo. Quiere entregarle algo. Le late el pulso agitado. Revuelve nervioso en el interior de la zamarra de la que saca un estuche de cristal con una enorme cucaracha verde. Se la da. No sabría repetir las palabras atropelladas que le ha dicho al despedirse, con el corazón saliéndose del pecho. Oriana está confundida. Lo ve alejarse desde el umbral de la puerta con el insecto gigante quemándole en la mano. La brisa del mar hace cabecear con fuerza los cipreses.

Cada vez entra más gente en la taberna. Va subiendo el barullo de las voces. Ruedan sobre el mostrador de madera las monedas. Hasta la hora de comer el vinatero estará escanciando el tinto del barril recién abierto en las escudillas de los parroquianos que se acercan al finalizar la misa o a celebrar las transacciones del mercado. El jocundo Demetrio Lobos se mantiene en un estado de permanente buen humor. Por el día se suma con agudos comentarios a las tertulias dispersas de la barra o de las mesas, pero se viene arriba entre goliardos decaídos de voz aguardentosa animando las noches tabernarias. Después de apurar un vaso de aquel vino suyo que ardía en los candiles y de limpiarse los labios con el dorso de la mano, se queda pensativo, mirando de soslayo para Rinaldo Pan, no sin dejar de sentir por él una compasión paternal nunca desvelada, pues tenía la certeza de que ese pecho y esa disposición auricular debían ser de la progenie de los Lobos. Había pregonado, delante y detrás del mostrador, que si no se cuentan las cosas es como si no pasasen, pero de las orejas caleidoscópicas de su hijo natural, engendrado sobre las lápidas rotas del cementerio de Santa Lucía, nunca contó, porque las sabía carne de su carne; cartílago del suyo, en este caso. Muchos días dudaba si reconocerlo al fin y dejarle en herencia la cantina.

Demetrio Lobos dice que se ha hecho tabernero porque el primer recuerdo que conserva de niño es el sabor del vino, que si hubiese olido la pólvora sería artificiero. Entonces se echa a reír a carcajadas haciendo retemblar las tazas en los chineros y brinda por los pechos de sus sirenas y por que siempre continúen abiertas las tabernas. Por que no cierre nunca sus puertas la Taberna de los Lobos, pues por ese nombre se la conocía ya cuando era también mesón y venta. Un fornido antepasado suyo se enfrentó tan solo con sus manos a un lobo enorme que había devorado una yegua preñada y varios potros en las montañas de Buxán. Tenía atemorizados a los vecinos y en los inviernos más crudos bajaba con su manada en busca de comida hasta los Pomares del Viento, a las puertas de Moreda.

El suceso llegó de boca en boca hasta nosotros. A los lados del camino que atraviesa el lomo de la sierra entre pedrizas desolladas se extienden vaguadas de matorrales nunca abiertos de trochas ni senderos, monte bajo de breña y tojo bravo en donde se le vino la noche encima al mesonero que salía a cazar por estas tierras. Había disparado el último de los cartuchos antes de encontrarse emboscada la alimaña. Pasaron las oscuras horas luchando ensangrentados hasta que con las luces del amanecer retumbó por los pedregales y sobre las tejas humeantes de las casas el alarido del monstruo agonizante, estrangulado o tal vez desgarradas las fauces —que en ese punto divergían las versiones— entre las manos poderosas del ventero. De ahí le venía el apodo a la familia, antes de ser apellido.

Después de ir pidiendo de casa en casa con el lobo colgado de un estadojo, se vaciaron las tripas de la fiera, se sumergió el pellejo en agua con alumbre y sal de mar, y se ahumó con hojas de laurel en la lareira de la venta que aún existe, según se entra en la aldea, a mano derecha de las primeras casas. En la era de tierra se armó una gran ruada al son del violín del ciego de Bustelo, pues aunque tenía las clavijas medio rotas, se prestaba para amenizar jolgorios como esos. Subieron gentes de Moreda y al amparo de los almiares corrió hasta bien entrada la madrugada el áspero moscatel que se cría en esos pagos, con el pan de borona y los chorizos del infierno. Toda esa noche la pasaron aullando los lobos en las cumbres de la sierra por el rey de la manada. El animal quedó expuesto allí durante muchos años, suspendido de una de las vigas de castaño que aguantan la techumbre, hasta que lo poco que no dieron roído los gusanos y las ratas acabó pudriéndose en el bochorno tórrido de un verano que amenazaba a los habitantes de Moreda y de las aldeas que la rodean con infaustos presagios.

Los infortunios y desgracias no vienen nunca solos. Fue cuando regresó ciego a casa el contramaestre. Los pescadores no pudieron echar las redes durante semanas. Altas y encrespadas olas dejaban en la playa medusas del tamaño del paraguas del Tiroliro despedazadas en cuajos irisados, las vísceras de un mar amenazante que se cubrieron de moscas pegajosas. Falanges de cuervos de alas azuladas sobrevolaban los salitrales malolientes de la bajamar. Una vaca enferma de retorcidos cuernos, que debió bajar desorientada desde las aldeas del maíz, se murió atrapada en el lodo negro de las ciénagas que se formaron en la boca del río Grande. El hedor se percibía incluso mar adentro. Se fue descomponiendo de pie, hundida en el aguazal hasta los ijares, destripada por los picotazos de los págalos y despellejada por los milanos rojos que anidan en los Oteros del Aire. La Fuente de los Pájaros dio en manar un agua caldosa de burbujas purulentas que olía a huevos podridos. Los frutos agusanados se agostaban en el marasmo sofocante de las huertas. Todos abandonaban el calor insoportable de las casas para pasar las noches al raso, durmiendo por las plazas o tumbados en las losas del amarradero, bajo las salpicaduras de las olas. A algunos se les llenó la piel de pequeñas ampollas y de pústulas y fueron muchos los que contrajeron unas fiebres con tembladuras que subían y bajaban con las mareas. A falta de un san Roque en condiciones, pues el del altar permanecía en el desván de la rectoral con el perro sin rabo acribillado por ejércitos de polillas, se subió en procesión hasta los acantilados el bendito san Julián con el pie adelantado, para ver de conjurar la pestilencia. Unos goterones de sudor dorado empañaron la frente del santo, como si también a él le sobrasen las polainas, pero de pronto el mar sosegó su ira y sanaron los enfermos, se descoyuntó con estridencias de xilófono desportillado el esqueleto de la vaca, el aire recuperó la frescura de las naranjas y el mundo volvió a ser el que era antes. Al día siguiente el contramaestre Daosta arribó ciego al puerto de Moreda.

Antes de su desgraciado periplo por las Islas de las Ortigas, el marinero pasó un año entero con una caravana de gitanos del Piamonte haciendo la Ruta de la Seda. Siempre quiso averiguar por qué caminos misteriosos llegaron a Moreda las orugas. Viajero infatigable, había corrido muchas aventuras, pero como esa no. Las crines de los caballos sagrados de las estepas. Las ciudades circulares sepultas en las dunas. La desnudez del Takla Makan de horizontes sin término. El mausoleo del Gran Tamerlán en Samarcanda. Aljibes en los que se guarda el agua que bebemos en sueños. Montañas que son la risa de un dios. Resplandecen las pupilas ciegas del viejo marinero al acordarse de esas latitudes. Sabe de memoria fragmentos del *Libro de las maravillas* de Marco Polo y, entre el avance de un alfil y el retroceso de un caballo, algunos días daba en contar las peripecias del mercader veneciano adornadas con otras de su propia cosecha. Sus contrincantes le habían escuchado un mismo relato en versiones muy dispares, pero tampoco resultaba fácil discernir dónde terminaban unas y empezaban otras.

Se aviva la partida que discurre trabada en el centro del tablero en donde ha recalado el rey negro del joven Oliveira. Dos o tres espectadores se acercan, más por escuchar la historia que por seguir los lances de un juego que no entienden. Después de la serie de jaques que arrancaron con el sacrificio de la torre blanca todo se desencadena de manera irremediable. Daxc6+. Así como entre nosotros fue costumbre recubrir de plomo las cubiertas de las iglesias, le confiesa a Tristán, el techo del palacio del Gran Kan era de oro. Gruesas perlas de color rojo adornaban los desmedidos salones. Ad5+. Los sirvientes del rey llevaban un cendal de seda en la boca para que su aliento no rozase la comida real, cxd5. Una noche húmeda y oscura, extendida como una negra babosa sobre nosotros, durante una de las expediciones por aquel vasto territorio que había pertenecido al emperador de los mongoles, De5+, nos vimos obligados a echar pie a tierra y a buscar a ciegas el sendero palpando con las manos. Las nerviosas cabalgaduras caminaban al paso, sujetas de las bridas, fxe5. Avanzábamos a tientas, seguidos cada vez más de cerca por una manada de fieras amenazadoras, de ojos que centelleaban como nuestras espuelas estrelladas… Cg5++. La jaula de hierro de Tamerlán. ¡Mate!

El Tiroliro sonríe bajo el fresco de las sirenas pintadas. Ha escuchado esas mismas palabras muchas veces. Se levanta para espantar unas moscas que se posan sobre el mapa-calabaza, en la desembocadura del Danubio, en el mar Negro. Y ahí se quedan, bajo el vientre viscoso de un limaco, en la mitad de la nada, el viajero Daosta, sus compañeros de expedición o los de Marco Polo, los tres mirones y el propio Tristán, pues, rematada la partida, se da también por finalizado el cuento. Había quien trataba de retrasar las jugadas para escuchar la resolución de algún suceso. Sin que él lo supiese. El contramaestre, de natural pausado y roncero en el hablar, nunca tenía una palabra más alta que otra. Ahora bien, no perdonaba que desconfiasen de sus narraciones. Para poner las cosas en su sitio y que nadie albergase dudas, un día dejó encima del tablero un guijarro de lapislázuli del tamaño de un puño traído de las montañas afganas, de un azul intensísimo, como el sulfato que se les da a las viñas.

Tristán se despide del viejo marinero. Continúa tratando de comprender cómo acabó su rey negro sitiado en el medio del tablero y por qué se pararon los dos relojes en las seis. Decidió visitar a los Alfarat a ver qué había pasado con los suyos. Tampoco quería hacer de intruso yendo a meterse donde no lo llamaban. Aunque, por otra parte, era una cuestión de orgullo profesional. Su abuela Aurora habría hecho lo mismo. Ahora tenían una relojería sin relojes, pero estaba en juego la reputación ganada a pulso de una familia de relojeros. Además, teniendo en cuenta que venían de tan alejadas tierras, podría preguntarles por su abuelo.

Le abrió la sirvienta, limpiando las manos en el delantal de hule estampado. Amir Alfarat anda poniendo orden entre cartapacios polvorientos y papeles viejos del negocio abandonado. Namasté, namasté, lo recibe inclinando la cabeza con respeto, con las manos juntas. La primera vez que lo saludó así, Amaro Oliveira creyó que ese era su nombre. Después se reían juntos al recordarlo. Las puertas de su casa están abiertas para el nieto del marinero en tierra que convirtió en astillero y atarazana su corral y construyó para él una barca de cerezo. Desgraciadamente no tenía noticia suya y se estaba enterando ahora mismo de su desaparición.

Espabilado de su siesta intermitente, después de afilar las uñas en el tronco de una de las palmeras de la alfombra, el gato se tropezó con la cucaracha embalsamada del pelado Pinaza sobre la cómoda de nogal. Tras unos minutos de combate apenas quedaban esparcidas por el suelo unas pocas briznas del insecto. Se acercó al nuevo visitante con cautela, pues notaba en él una cierta tensión contenida, que se redobló al presentarse Oriana en el salón. Tristán no vio calabazas en sus ojos, aunque, fiel a esa propensión de los Oliveira a descubrir cosas en la mirada de los otros, se vio corriendo de niño por centenales verdes. Alargó la mano haciendo amago de tocar el animal imaginando que rozaba de verdad la mies, pero no le esperó. Insistía en que, al ser de su tienda los relojes, se sentía en la obligación de repararlos. Eran los únicos de la relojería que se conservaban intactos. Sacó las menudas herramientas que siempre llevaba en el bolsillo de la chaqueta, y cuando consultó su Omega de plata para poder ajustarlos con exactitud, observó que las manecillas se desplazaban, impelidas por algún oculto mecanismo, hasta quedar alineadas para marcar también las seis, el meridiano que divide en dos hemisferios el mapamundi de las horas.

La singular coincidencia de los tres aparatos le hace elaborar sobre la marcha una improvisada teoría acerca de las probabilidades de que tal hecho sucediese, aventurando que como habían sido comprados por su abuela Aurora, quizás una pieza defectuosa o un preajuste realizado por ella originase esa imprevista parada en la misma hora. Se le ocurrió que tal vez algún misterioso cambio en el magnetismo terrestre orientaba como una brújula las agujas. Cuentos de relojeros.

Oriana sonríe escuchando esas explicaciones inverosímiles. Recordaba una o dos tardes en el huerto de las barcas, a su abuelo gesticulando desaforadamente mientras hablaba con Amir sobre temas para ella incomprensibles. Se acordaba del escaparate de la relojería, no de los relojes, sino de Aurora dando cuerda a un organillo que tocaba una melodía de notas cristalinas y a un pequeño autómata que giraba sobre un pie, cuyos resortes estaban a la vista. Pero no hacía memoria de Tristán. Aun así, la relación cordial con su padre, sus modales y su cara de facciones agradables le inspiraban confianza. Después de la visita del taciturno Leopoldo Pinaza, necesitaba charlar con alguien. De lo que fuese. Al poco rato le estaba hablando de la larga travesía en el tren de las llanuras, de otra pequeña tienda de lámparas en una callejuela que bajaba hasta el Ganges, de las ochenta y cuatro escalinatas que se hunden en el río sagrado, y le relataba incluso los ensueños de sus interminables atardeceres.

Fuera de algún viaje ocasional a la ciudad, Tristán no ha salido nunca de Moreda. La escucha atento, pregunta por unas cosas y por otras. Después puede oírse a sí mismo hablando sobre las cuestiones más disparatadas y diversas como si se le hubiese ido la cabeza, el color de una hoja que flotaba en la alberca de los pájaros, una nube con aspecto de pez que permaneció congelada esa mañana sobre los acantilados, los tres rebuznos de Siete de Oros ante los caballos de los Magos...

En el momento en que la fámula irrumpió en el aposento para anunciarles que la mesa estaba servida los dos se miraron azorados, cómplices, como si regresasen de un sueño compartido. Oriana lo invitó a quedarse a comer con ellos, pero Tristán se excusó haciéndole prometer que pasaría por la relojería al día siguiente, con el fin de poder arreglar allí los dos relojes. Hasta el salón de los Alfarat llegaba el olor de la canela espolvoreada en los pasteles hojaldrados y el del escabeche de las truchas rellenas de tocino que esperan en los platos de la cocina, con las pintas rojas aureoladas de blanco. El gato maullaba receloso, sin comprender por qué a Oriana la cautivaban tanto las peroratas del último visitante.

Tristán Oliveira nunca se ha sentido así, exultante y confundido a un tiempo. Caminó entre cachivaches de relojes que no le molestaban, sin rumbo ni prisa, sin saber qué le pasaba. No se acordó de volver a casa para comer. Cogió la llave de la relojería para entrar, pero volvió sobre sus pasos y se sentó bajo el ángel de los arces, sobre la piedra en la que Amaro tallaba sus pájaros de madera esperando por Aurora. Sumido en sus cavilaciones, se encontró repitiendo en voz alta por segunda vez el mismo nombre: O-ria-na. En esta ocasión a pleno día. En esas estaba cuando lo interrumpió Demetrio Lobos, que llega braceando con exagerados aspavientos, con las venas del pescuezo hinchadas como yedras, haciendo trepidar el empedrado con sus zancadas de gigante. Para estos encargos avisa casi siempre al Tiroliro, pero ha decidido venir él.

Siempre solícito para lo que le pidan, sin una mala cara, el Tiroliro es el mandadero de los recados. Un día de mercado unos tratantes maragatos que vendían mantas zamoranas, por hacerle mofa, lo mandaron a buscar la piedra de afilar las agujas. En ocasiones es un poco despreocupado y a buena fe, como los gatos pequeños. Sabía que le estaban tomando el pelo, pero le daba igual. Regresó sonriente después de un largo rato con el tabardo mojado y los bolsillos llenos de cantos rodados de colores pulidos por las aguas, recogidos en la diástole del mar entre laminarias, cangrejos y piezas rotas de relojes, en el canchal que se formó bajo los acantilados. Las puso sobre los cobertores de lana. Los vecinos les echaron un rapapolvo a los feriantes. Pero fue el mismo Demetrio Lobos, que andaba en este momento a la busca de Tristán, quien se plantó delante de ellos cogiendo por la solapa al primero que vio y suspendiéndolo dos palmos sobre el suelo. Los traperos desprevenidos captaron el mensaje, se marcharon por donde habían venido entre una lluvia de piedras de afilar las agujas, cubiertos con las mantas, y no volvieron a pisar Moreda.

Demetrio Lobos no le explica nada en concreto a Tristán por no darle falsas esperanzas, pero la información que ha escuchado a última hora de la mañana en la taberna es importante. Le posa la mano enorme, un ala de albatros, en el hombro y casi lo arrastra por la plaza. Tintinean los cilindros huecos de metal. Miranda Sabina sale a ver qué pasa desde la puerta del estanco.

Sentado en un noray de hierro de la dársena el Tiroliro mordisquea una manzana, balancea las piernas con el ir y venir de las olas, tirando del bramante de una cometa de papel que trata de sostenerse en un cielo sin viento. Sobre los bolardos más alejados se secan al sol dos cormoranes con las alas extendidas, como ángeles negros. Haciendo equilibrios sobre la contera del paraguas una gaviota chilla inquieta esperando por el carozo de la fruta. El Tiroliro le susurra algo que la tranquiliza y deja de agitar las patas amarillas. Los cormoranes, extrañados, giran la cabeza. Para armar las cometas emplea las hojas de los periódicos atrasados de la taberna. Hasta que se leen, permanecen doblados durante semanas sin que los abra nadie. No les importa la fecha exacta de las noticias, puesto que nunca se refieren a ellos. Además, los sucesos se repiten con muy pocos matices. Van cambiando los nombres de los protagonistas. Finalmente, los diarios los recoge el Tiroliro. Las cañas las va a buscar a los esteros del gran río y a los islotes que se forman entre los juncales. O, si no, usa las que caen de los cohetes de las fiestas, que dice que son las que mejor suben, porque ya saben el camino. Cuando se cansa, suelta de cordel y se ríe al verlas caer dibujando tirabuzones, estrellándose contra el mar como pilotos suicidas.

Octava

Después de volver a saborear, al cabo de tantos años, las truchas que rebullen en la umbría de los cerezos del reguero, Amir Alfarat pensó que era hora de visitar la tienda de las lámparas y el antiguo puesto de caracolas de Sofía, a ver si en esos lugares encontraba las respuestas que no le habían dado sus paseos. Pasaron nueve años sin que nadie tocase nada, como si las grandes letras rotuladas del escaparate, Lux Aeterna, preservasen lo que se guardaba en su interior. Fuera de aquel asunto turbio de las gallinas y los pavos guisados, en Moreda se podían seguir dejando las puertas entreabiertas. Allí permanecieron las luminarias recubiertas de polvo bajo telas de araña más gruesas que arpilleras. En los lienzos de las paredes asomaban podredumbres rosáceas como las flores enmohecidas que echa el vino añejo en las barricas de Demetrio Lobos. Los lustres de las cerámicas se apagaron y los bronces criaron óxidos verdosos, pero los estambres de tungsteno que hibernaban en el interior de las bombillas de vidrio podrían volver a iluminarse ahora mismo. Camino de la tienda de las conchas Amir piensa en cómo distribuir sus pertenencias. El establecimiento se mostraba cambiado por completo, transformado en un moderno ultramarinos. Se habían agrandado entrepaños, vasares y anaqueles. Una amalgama de olores de las diferentes mercancías que guarda el almacén se percibe nada más abrir la puerta. Triángulos isósceles de bacalao salado se balancean colgados de unos ganchos, serones de trigo arrugados se amontonan por el suelo, pilas de paquetes de café, latas de pimentón, garrafas de aceite a granel, cajas, botes, frascos ocupan los lugares donde Sofía Costa ordenaba para él sus caramujos.

Entretanto Tristán camina desgonzado por las calles, incapaz de hilvanar sus pensamientos, el viejo Amaro Oliveira regresaba a Moreda por el sendero del bosque, con la misma cazadora de pana verde raída y el pantalón azul mahón, definitivamente palidecido, que vestía el día de su inexplicable partida siete años antes. Tiene los zapatones cambiados de pie y lleva los cordones desatados. Lo vio la pequeña Helena: un fantasma desgreñado paseando por el huerto, un espantajo de largas barbas con un manojo de flores de tomillo en las manos manchadas de pintura azul. Mientras llama por su madre, la niña mira desconfiada para aquel vagabundo desarrapado que le hace ademán de que se acerque. Adivinó quién era cuando se puso a hablar de Aurora. Pronunciaba despacio su nombre y miraba las estragadas barcas, como si fuesen gente.

No bien hubo franqueado Tristán, empujado por Demetrio Lobos, el portón de los Oliveira se encontró con su abuelo rodeado por la familia y por los vecinos de las casas más próximas, sentado en el poyo de piedra, arrimado al olivo centenario que no dio más aceitunas desde que él faltó. Se le veía demacrado y decrépito, con la piel apergaminada como la corteza seca de las naranjas. Al nieto le asaltaron recuerdos de la infancia. Tardes entre las barcas del jardín escuchando el gorjeo de los pájaros. Noches de contemplar juntos las estrellas sobre el testuz de piedras rojas de Mainar. Se fundieron en un largo abrazo, pero Tristán no podía dejar de pensar en los siete años sin tener noticias suyas y en el sufrimiento por el que había pasado su abuela Aurora.

Ha preguntado varias veces por ella sin que le contesten. Al saber que había muerto, Amaro Oliveira se quedó desconcertado. Sintió que el badajo de una gran campana le golpeaba la cabeza. Nuevos vecinos se van acercando hasta la casa. Tampoco saben qué hacer ni qué decir, o si marcharse, para no molestar a la familia. Su mirada iba y venía, ausente, perdida entre los átomos del aire, vacilando a medio andar entre las cosas, calibrando la hondura de pozos invisibles, hasta que hubo al fin un momento en el que pareció recuperar de nuevo la conciencia porque trató de tranquilizarlos con sus gestos. Prendió un cigarro. Después de siete años conserva intacta en el bolsillo de la chaqueta la cajetilla con el bisonte rojo y el chisquero de piedra con la mecha deshilachada. Inspiró hondo, pero no consiguió mantener el humo en los pulmones. Casi mareado, carraspeó con fuerza, y tras mesarse el matorral de las barbas floridas, como si también se la contase a Aurora, se dispuso a relatarles su historia a los presentes; la verídica e increíble historia de la desaparición de Amaro Oliveira.

La primera impresión que le produce a Oriana el antiguo jardín es desoladora, de ruina vegetal, aunque a medida que se va adentrando en él, encuentra en su dejadez y en su abandono un cierto encanto. Habría querido que bajase el gato, pero se quedó dormido en el ventanal mientras miraba el mar y le daba pena despertarlo. Las arenas de las dunas derribaron los tablares de la empalizada y los helechos invadían los senderos. Conchas de caracoles muertos recubrían las ánforas de terracota reventadas. Proliferaban ortigas sobre estratos de flores corrompidas y las raíces desgarraban el gres de la pequeña terraza. Todo lo rodean las hiedras, las vides silvestres estrangulan las hojas de un granado y las madreselvas trepan hacia la luz por entre las flores magentas de las buganvilias. El olor de las mentas pisoteadas le evoca las carreras y los juegos, los aullidos nocturnos de los pavos reales. Una colcha de verdín fósil recubre como un sudario las aguas muertas del estanque. Al pie de un rododendro Oriana escarba la tierra, primero con un palo que se acaba rompiendo, y después con las manos. De momento no encuentra lo que busca. Por todas partes yerguen los topos sus montículos volcánicos. Ha llovido mucho desde entonces y acaso no haya nada. Bajo el mantillo superficial la arena suelta se le mete entre las uñas. Le duelen. Pero ahí está el cofre del tesoro, la caja de lata enterrada entre las raíces del árbol, con la estrella de mar sin un brazo en su interior. O lo que queda de ella, una forma apenas reconocible incrustada en la herrumbre que se deshace al tratar de rescatarla. Otros ecos habitan el jardín. Stip, stip, stip... Un tordo aperdizado pica, entre canto y canto, en los corimbos de un saúco de briosa arquitectura que no había plantado nadie. Cada paso de Oriana va seguido de un corretear exiguo de reptiles, oscuras faunas de pie breve sobre el cascajar de las hojas secas. Si se para, se mantiene en suspenso el musitar de los huéspedes secretos del huerto abandonado,

118

con la respiración contenida, esperando a ver qué hará la intrusa, en un silencio de aquellos que ordenaba Amaro Oliveira en sus poemas de viejo, que podía ser de lagartos o de pájaros.

El chillido de un pavo real ha despertado al gato que duerme en la ventana. Lo venta desde lejos con el hocico arrugado formando un pequeño acordeón. El ave se pavonea por lo alto de las dunas con la cola desplegada, como si toda el agua del mar fuese suya. El gato se relame imaginando la carne tersa y sonrosada entre los dientes, tensa el cuerpo para el salto imposible y estira las garras ancestrales, pero en ese instante el pequeño tigre que todavía lleva dentro es consciente de sus limitaciones y de la diversidad de un mundo que ni siquiera le había sido mostrado en sueños. Con aves enormes como esta, un arco iris verdiazul dentro del que cabrían medio centenar de aquellos pájaros pardos que perseguía por los retamares franceses.

Ante la incredulidad de todos empezó a referir Amaro su relato. Desde lo alto del hórreo, con la brocha en la mano, recordaba haber visto a los vecinos a lo lejos, diminutas figuras de un belén atareados en amontonar en conos la leña de las piras. Lo saludó la pequeña Helena, que salía con Aurora por la cancela del fondo de la huerta para recoger las siete hierbas del San Juan. Después las dejarán al relente de la noche sumergidas en el agua profunda que sacarán del pozo. Por la mañana se lavan la cara con ella. Así se hizo durante siglos en Moreda. Amaro ha escuchado que les falta el tomillo. Se comentaba en la taberna que este año no había manera de encontrarlo. Él sabía que en la Piedra de la Sierpe crecía en grandes matas. Estaba lejos, pero le quedaban todavía tres o cuatro horas de luz al día más largo del año. Tiempo de sobra para ir y volver. Incluso podía traer un hato de palos secos para avivar las hogueras. Descendió sin prisa del granero. Contempló orgulloso los rayos del sol reflejándose en las caras triangulares de la pequeña pirámide coloreada. Descolgó la escalera, dejó el caldero sobre una de las barcas. Ya lo lavaría a la vuelta. Se frotó las manos azules contra el tronco de una camelia y se adentró a media tarde en la floresta de las torcaces.

A principios de ese mismo invierno le había llevado un saco de provisiones al Tiroliro. Lo encontró sentado en un tarugo de roble bajo los grandes cerezos, a la puerta de la cabaña, asando boletos del color del pan y carboneras verdes de sombrero escarchado en una gran sartén agujereada colocada sobre unas trébedes de hierro. Se quedó con él a comer los hongos, salteados con unas bayas moradas que no identificaba y con rebanadas de patatas amargas. Después de la comida subieron un trecho río arriba conversando bajo la sombra de alisos y salgueros, hasta llegar a un lugar donde la corriente se precipita por una ladera de piedras de lomos desgastados entre un rebumbio de espumas y torrentes. El camino, atravesado por raíces retorcidas como gruesas culebras, asciende orillando el río bajo una bóveda de helechos gigantes que crecen a la sombra de los árboles. Las largas frondas, sostenidas por nervaduras oxidadas, vibran y se balancean dejando caer finas gotas de lluvia al ser rozadas por el paraguas abierto. Se descalzan y sumergen los pies desnudos en el agua oscura de una de las pozas excavadas en la roca. Escuchan el parloteo de las oropéndolas ocultas entre las hojas. Una charla de familia.

El Tiroliro les responde ahuecando las manos alrededor de la boca y aflautando la voz: fuifuio, aphuioho, fuiio... Las aves le contestan: afhuiofuio, phuiioho, fuhiol, fuhiio... Salta una trucha. Amaro no se sorprendería si su compañero se pusiese a silabear con ella. Una nutria se zambulle sin ruido en un remanso. El sendero entonces se desvía y se dirige hacia el sur del bosque. Habían hecho ese mismo trayecto en otras ocasiones regresando juntos por el plantío de los morales abandonados. Pero ese día Amaro Oliveira volvió solo. Decidió dar un rodeo por las fuentes de la Piedra de la Sierpe. Nunca había hecho caso de los rumores que todavía se contaban sobre ese lugar. Le gustaba simplemente disfrutar del milagro de los robles coronados de hojas cobrizas en invierno. Allí se conservan los más viejos, de gruesos y rugosos troncos que no se abarcan con los brazos. Por eso le resultó extraño ver ahora, pocos meses después, aquellas rocas enormes rodeadas de pujantes acebos y avellanos. No las recordaba así. Una manada de venados que ramoneaba en las orillas del regato se alejó con un trotar confuso de pezuñas blancas. Bebió un sorbo del agua cristalina que brota de la boca de la serpiente en el cuenco de las manos. Un pájaro carpintero martillea una rama. No puede verlo, pero imagina el largo y robusto pico, el dorso de color verde limón y el obispillo amarillo, con la bigotera roja recortada sobre la cara manchada. Dos mariposas zigzagueaban dibujando espirales en el aire y fueron a posarse en las plantas rastreras de serpol. Forman una alfombra mullida de pequeñas flores casi inapreciables al pie de los peñascos. Se notó mareado al agacharse a recogerlas, ahogado por la vaharada de un aire sofocante que sopla entre las piedras, espeso como el resuello de las vacas. Anochecía. En el pueblo se estarían encendiendo las fogatas porque sobre su cabeza el cielo empezaba a tener el color de las mimbreras. Desde ese preciso momento nada volvió a parecerle ya real. Una bandada de torcaces levantó el vuelo en el límite del claro desordenando la luz que se filtraba a través del follaje. Casi sin darse cuenta, empezó a vencerlo una suerte de lánguido aturdimiento, un sopor inaudito y narcótico. Escuchó trompas de cazadores, aunque ya no se cazaba en estos bosques, y un resonar de voces apenas perceptibles que se iban acercando. Notó que unas pequeñas manos le rascaban la cabeza. Trató de seguir a dos pavos reales que pasaron junto a él con las colas abiertas, pero no consigue despegar los pies del suelo, flojos, entumecidos, como ya le había pasado antes en sueños. A fin de cuentas, ¿quién le decía que no era también aquello un sueño, o una de las vistas fantasiosas de la barraca de Barriga Verde, donde todo podía ser posible? ¡Pasen, señores, pasen, la función va a comenzar!

Las sesiones de monigotes y el teatro de sombras le interesaban poco, pero la noche que los comediantes proyectaron la primera película en el pueblo sobre una gran sábana de lino en la fachada del ayuntamiento, gracias a la corriente que producía el salto de luz de la aceña donde ahora vive el Tiroliro, y fueron juntos a verla, Amaro le confesó a Aurora, entusiasmado, que, si lograba averiguar el secreto mecanismo del cinematógrafo, podía hallar en él la auténtica refutación del tiempo. Todo estribaba en retener un parpadeo de los ojos: el fotograma de un instante. Un indivisible átomo de tiempo más allá del cual ya no pudiese fragmentarse. Aquiles podría entonces sobrepasar a la tortuga infatigable a la que dio ventaja, al no ser infinitos los momentos que le esperan por delante. Permaneció recluido en el hórreo, desnudo, un escriba sentado con las piernas cruzadas entre las panojas de maíz, sin comer ni beber, absorto en la contemplación del carrusel de las listas que los rayos solares dibujaban a través de las rendijas de las tablas. Aurora le deslizó una bacinilla para que al menos hiciese las necesidades como un cristiano y le dejaba un plato de comida en la repisa de piedra, pero se la rifaban graznando las cornejas. Al cumplirse tres días abrió por fin la puerta y abandonó su encierro gesticulando y proclamando a voz en grito que ni la Tierra, ni el Sol, ni el propio Galileo se movían. *Eppur no si muoven.* Tenía la cara raramente iluminada y había comprendido con absoluta certidumbre que el movimiento y el tiempo los añadimos nosotros. Dependen de nuestra manera subjetiva de observar las cosas. Trampantojos con los que vamos enlazando, para darles sentido, los instantes. La realidad, decía, a pesar de las engañosas apariencias, es una foto fija, estática como una de sus barcas sin los remos, como las agujas de un reloj sin cuerda. Un eterno presente sin pasado ni futuro, equilibrio fugaz entre un ayer y un mañana que no existen. Igual que las franjas solares del granero. Ahí están, desde siempre, cada uno de los momentos, ahí está el laberinto de posibilidades en que se estanca el tiempo. Y si pudiese volver a escoger una entre ellas, Amaro habría regresado a casa sin beber en la fuente, conocedor de la cadena de acontecimientos, o mejor dicho, de la ausencia de acontecimientos, que se generó después. Aurora predecía el futuro de manera más simple. Ya lo había hecho antes y sabía cuánto duraban sus inconclusas y volubles ocurrencias: poco más que ese presente que convertía en un estorbo los relojes. Primero le recordó que se vistiera, porque seguía paseándose en cueros por la huerta. Después dejó que las cosas cayesen por su peso. De manera que ni siquiera los volatineros habían dejado atrás Moreda con sus carros y andaba ya él enfrascado en otras de sus fantásticas meditaciones.

La noche vació sus sombras sobre el bosque. Venas de agua se detienen congeladas bajo el caño de la fuente. Arrecia más cercano el murmullo de las voces. Las cortezas nudosas de los robles se retuercen en un mundo de formas ondulantes. Se alza vertical de su lecho de piedra la serpiente ante el espanto de Amaro, que, como puede, retrocede y se prepara para enfrentarse a ella. Chasquea los anillos de la cola, silba la lengua bífida en el aire. De las pupilas rasgadas brotan fríos reflejos verdosos y dorados. Los colmillos blanquísimos se preparan para la mordedura letal a un palmo de su cuello, pero la culebra se desvanece de repente en torno suyo convertida en un corro de figuras abigarradas, como sombras fugitivas de ninfas que lo envolviesen en sus danzas. Siente que gira entre remolinos de fluidos que lo arrastran. No sabe cómo, pero acaba acurrucado entre las peñas, en una oquedad que parece un cubil de jabalíes. Atrás ha quedado el refugio de Moreda. Atrás quedaban Aurora, el retablo de los cómicos y las barcas. Nombres. Artificios de la fonética. Voces huecas que son cáscaras de huevos vacíos. El tiempo en el que Amaro no cree se desliza por pendientes inacabables, disuelto en una sustancia disforme y untuosa de la que ya no intenta salir, retenido por millares de hilos de finísima seda que lo envuelven en una crisálida translúcida y acogedora. Y una lluvia de escamas de plomo le escurre por los pesados párpados.

Ya de pasar durmiendo tantos años, por lo menos haber soñado con Aurora. Pero esa era su historia. No resultaba fácil explicarla. Había perdido siete años de su vida en un abrir y cerrar de ojos, concentrados en uno de esos instantes que perseguía en los negativos de los titiriteros. Un pez fósil atrapado en un mar de olas de piedra. Al despertar tenía en la mano las flores de tomillo. Es tan intensa la esencia que desprenden, que el aceite de las minúsculas hojas se le pega a los dedos. No sabe qué hace allí. Puede sentir de nuevo el frescor del agua en la garganta y el repiqueteo monótono del pico real horadando la madera. Lo tranquilizó el olor lejano de las naranjas, como si ya hubiese regresado a casa. Cuando menos todo parecía continuar en su sitio. Fue al descubrir las barbas de una deidad fluvial entre las que se perdía una hilera de hormigas rojas, al ver la piel costrosa de sus manos y las ropas harapientas, cuando cayó en la cuenta del tiempo transcurrido. Tuvo miedo. Sus pasos retumbaban como un tambor por el bosque. Caminó toda la noche tratando de llegar a campo abierto, sin saber qué dirección tomar. Como las gallinas, cuando huyen con la cabeza cortada.

Oriana ha vuelto a casa. Coloca en un jarrón un ramillete de flores silvestres y unas ramas de mirto que ha traído del jardín y repasa sus primeras horas de regreso en Moreda. El día ha echado a andar con la visita inesperada de los hermanos Pan y prosiguió con el repelente regalo de Leopoldo Pinaza, pero la ajetreada mañana terminó bien, con la llegada de Tristán Oliveira. Ahora solo falta que su padre encuentre lo que busca, si es que ha venido a buscar algo. Que se encuentre a sí mismo. Mañana quiere devolver sin falta los relojes a los hermanos Pan. Claro que primero tendrá que arreglarlos el relojero.

Transcurren lentas las horas. Prueba a poner en el gramófono los viejos discos de pizarra, pero apenas se para a escuchar los primeros compases. Lo intenta con los libros y no le va mejor. Se acerca a la ventana en la que dormita el gato. De niña, se quedaba mirando esas nubes minúsculas, como flores de cinc, que se condensan en la línea del horizonte y desaparecen de improviso apretadas entre el cielo y el agua. El animal se ha despertado y alarga la cabeza buscando la caricia, a la que responde con un maullido suave y prolongado. Suelta pelo y habrá que cepillarlo con cuidado. Sigue contemplando el mar, no sabe de momento que es de ahí de donde proceden sus sardinas; son las nubes las que le huelen a pescado. Da comienzo a su cuidadoso acicalamiento. Si se lavan la cara mirando para el norte, los gatos presagian el buen tiempo. Si lo hacen hacia el sur, entonces viene revuelto y pingará la teja. Lástima que no lo sepan ellos, porque podrían cambiar en mil primaveras el invierno tan solo con torcer para un lado la cabeza.

Un camachuelo con el capirote negro y el pecho rojo como la capa de un cardenal observa con curiosidad la escena desde una de las ramas del olivo. Reunidos ante Amaro Oliveira se encuentran Tristán y su hija, el yerno y la nieta Helena, el librero portugués y el contramaestre Daosta, el herrero del río Viejo, y bajo el hongo azul, el Tiroliro, que ha dejado abandonadas en el cielo sus cometas, el viudo Lisandro Pan y los dos hijos, fuesen o no fuesen de él, Demetrio Lobos, Miranda Sabina, Leandro Grimaldi con una hermana suya, el sacristán alguacil con su mariposa, en la que ya ha centrado su atención el pájaro, y otras personas que los lectores no llegaríais a reconocer. Leopoldo Pinaza no ha venido. Anda capturando grillos sobre los campos de urnas, hurgando con una paja en los respiraderos por donde alientan los muertos. La gente va dejando la casa y bajan por las calles consternados, cavilando en la triste peripecia de Amaro Oliveira. Sin embargo, el Tiroliro se siente realmente contento. Cuántas veces no habría escudriñado cada rincón de la fraga. Estaba convencido de haber mirado entre las piedras cabalgadas de la fuente, recordaba los gruñidos amenazantes de una puerca brava al tratar de acercarse y su camada de pequeños jabatos, hociqueando, con las cerdas rayadas. Ahora da lo mismo. Amaro ha vuelto. Se dirige corriendo hacia el bosque, alborozado, trastabilla en una raíz, se va a caer de bruces, pero lo protege el paraguas. Se ha puesto a tocar como un loco las sonajas y cencerros. Los animales han salido de sus madrigueras y han echado a volar todos los pájaros.

Amaro fue siempre un lobo solitario, pero además ha hecho cosas importantes por el pueblo. Aunque de verdad el uso de la corriente no se extendería hasta la llegada de las lámparas de Amir Alfarat, de la mano del joven Amaro Oliveira llegó la primera luz eléctrica a Moreda. Aprovechando la fuerza del agua en el viejo regato construyó una turbina en la presa del molino, donde ahora vive el Tiroliro, el primer generador de la zona que alumbraba apenas la casa de los Oliveira y la plaza que sería andando el tiempo de los arces. Para él no se trataba de iluminar simplemente las calles, sino de espantar ectoplasmas y otras inciertas levedades de las molleras de esos paisanos que, a pesar de sus locuras, lo estimaban. La noche en que se encendieron los dos únicos fanales con una luz parpadeante y mortecina que pedía permiso por brillar, Amaro proclamó desde el abombado balcón consistorial que con la electricidad llegaba la Ilustración a Moreda, que el tiempo de la ignorancia y la superstición tenía los días contados y que las apariciones, tan abundantes por estas oscuras latitudes, habrían de ser inversamente proporcionales a la implantación de nuevos puntos de luz: a más iluminación, menos fantasmas. Así acabó siendo efectivamente, pero la verificación de sus postulados no se pudo realizar hasta mucho más tarde, cuando se instalaron las farolas de su amigo Amir y los espíritus de las sombras se batieron en franca retirada. No era menos cierto que él continuó sustituyendo aquellas ensoñaciones de los demás por sus propias excentricidades, ya fuesen esferas-calabazas, ángeles caminando por los pajares celestes, o barcas exiliadas en mares terreros.

Al quedarse solos, Tristán podía revelarle al fin el secreto guardado entre los paredones de la casa: cómo Aurora se venía presentando de madrugada para poner en hora exacta los Morez del corredor y para reordenar los otros objetos sin agujas a su modo. A pesar de las lluvias de siete inviernos el hórreo conservaba en el remate retazos del azul. Le contó cómo lo miraba antes de irse, cómo lo buscó primero entre los vivos y después, con su amigo Valerio Quinto, entre los muertos.

La pequeña Helena, atenta a cada palabra, empieza a esclarecer la razón de los ruidos nocturnos que la despertaban. Quien nada comprendía era Amaro Oliveira, perplejo, viendo removerse sus convicciones más firmes. Su mujer convertida en una visión más entre las otras. Se había dedicado a desenmascarar endriagos, huestes, vestiglos, estantiguas y demás caterva polimorfa del más allá y del trasmundo. Allí donde se presentaban. Una noche se encaminó decidido hacia los pedregales de los Oteros del Aire, a la caza de un diablo desnudo al que por lo visto vieron refugiarse allí sus parroquianos. Esa característica de la desnudez parecía proporcionar mayor veracidad al testimonio, de no ser porque la noche era oscura y borrascosa y los que describían el largo rabo enhiesto y las carnes denegridas del engendro salían berreando achispados de la taberna. Después de perseguir lo que fuera por las calles y de cruzar el puente, algunos de los bebedores continuaron envalentonados hasta llegar a la base de las piedras del ventisquero, pero ninguno se atrevió a adentrarse entre ellas. Amaro, sí. Pertrechado con una red de pescadores y una vara de fresno, por si fuese necesario asestarle al íncubo unos correazos, se encaramó a lo alto de los cerros venteados. Acabó haciendo cabriolas bajo los fogonazos de azufre de una tormenta que se desató en ese preciso momento para acabar de componer la escena. Espantó una zorra vieja con la pelambre erizada de garrapatas, que se había refugiado en una mata de jaramagos, y una pareja de milanos rojos. Al demonio no lo encontró, como él mismo predecía, pero todavía hubo quien quiso verlo transfigurado en la raposa fugitiva que se escabulló entre los carreros de los girasoles.

Los pensamientos se agitan en la cabeza de quien ha sido perseguidor de embaucadores y azote de saludadoras y santeros. Incluso tuvo sus desencuentros cordiales con Miranda Sabina cuando se jactó de haber leído la línea de la vida en la mano de bronce del ángel y le auguraba mil años por delante. Y por qué no cien mil, le dijo Amaro, pues para entonces ya no quedará nadie aquí para probarlo. Él tenía calculado con exactitud cuándo se había erigido y lo que había de durar la estatua, teniendo en cuenta la corrosión de la sal sobre el metal, el ritmo al que avanzaban las arrugas, el deterioro del esparto de las chanclas y el de las plumas de las alas. Le entusiasmaban esos cómputos inútiles. Le encantaba discutir de lo que fuese. También le propuso a la vidente incluir al burro Siete de Oros entre los arcanos de sus barajas: papisas, hierofantes, ahorcados, ruedas de la fortuna… El resultado de sus augurios y pronósticos había de ser el mismo. Nunca sospechó de los amores de la estrellera con el nieto, aunque le extrañaba que le enviase por él unas hojas de árnica y unas flores secas de gordolobo para mitigar la comezón de los sabañones con unos pediluvios.

Ahora sus seguridades flaquean. Al echar la vista atrás, se mezclan en su mente lo vivido y lo soñado, ángeles y espectros se confunden, como sus intercambiados zapatones, revueltos en la polvareda de los años. No sabe qué creer, pero tras el breve lapso de la duda lo pasado, pasado está, ya no le preocupa dejar de lado razonamientos y desconfianzas, renegar si es preciso de lo que defendió a lo largo de su vida para poder volver a verla. Comprometerlo todo, como la mujer de Lot, por una sola mirada. Sus pensamientos, en todos estaba Aurora, vagaban sobre las barcas encalladas en el jardín de los Oliveira. Igual que mariposas de la seda.

Nona

Tristán Oliveira ha escuchado desde niño el romance de los antiguos amantes de sonoros nombres: Tristán e Isolda. Cuando él nació no fue necesario dar muchas vueltas para escoger el suyo. De ahí lo tomó prestado Amaro en uno de los ejemplares de la biblioteca. Una historia que cautivó a sus padres, de barcos de velas blancas y negras, de anillos de oro y filtros amorosos, de pasiones arrebatadas que se prolongan más allá de la muerte. El apellido paterno languideció tras los días de las pizarras escolares y vino a ser sustituido por el más reconocible de los Oliveira, que se hundía en un pasado tan remoto como las raíces de la oliva de la huerta, varias veces centenaria.

Desde el día en que nació, el frustrado navegante depositó en el nieto sus esperanzas náuticas, pues no veía con buenos ojos que se pasmase como su mujer con las ensoñaciones ilusorias del tiempo. Pero las cosas al final vienen a ser lo que son y no lo que deseamos que sean y Tristán, a los quince años, acudía a diario a la relojería para aprender el oficio con Aurora, ya desde antes de que Amaro desapareciese entre las fogaradas del San Juan. Después continuó abriendo cada día la tienda, no tanto por las exiguas ganancias que le reportaba a la familia, como por honrar los deseos de la abuela muerta. Revive todavía el fastidio de aquellos días de aprendizaje desmontando piezas de maquinarias más menudas que granos de maíz, pero agradece sobre todo sus otras enseñanzas, lecciones de cosas con las que enfrentarse a las adversidades de la vida: su serenidad frente a las premuras y urgencias del abuelo, sus atenciones y afectos que contrastaban con el carácter más huraño de Amaro, su determinación a la hora de encarar las circunstancias más adversas, de adoptar decisiones trascendentes donde los otros dudaban. Aurora encarnaba para él una fortaleza que admiraba, un espejo en el que mirarse cada vez que lo acechaba la melancolía y se veía con el ánimo abatido, desarmado como aquellos mecanismos relojeros a los que les faltan o les sobran piezas. Al menos así fue hasta poco antes de su muerte. Distintas fueron las veladas de las noches que ponían a prueba su capacidad de vigilia y su paciencia. Para Amaro, con la cabeza siempre llena de pájaros, Aurora representaba el contrapunto de sus quimeras atolondradas, la ensenada a la que regresar de imaginarias navegaciones.

Con la llegada de su abuelo cualquier expectativa distinta pasaba a ser secundaria, pero ahora que las aguas remansaban, al estar en casa, y sin tener que ocuparse de los relojes, Tristán podía volver a pensar en Oriana. Tal vez esa confluencia del amor con el deseo transfigura nuestra percepción de la realidad y nos sitúa en un punto de vista que nos hace percibir destellos imprevistos en el otro. Descubre ángulos muertos, matices que desde otras perspectivas no se ven, aunque enreda también el discurso ordinario de las cosas.

Esto que sentía ahora debía ser desde luego de otra índole. Le impedía pensar con claridad, le tenía confundido.

Lo percibe como algo más hondo, diferente. Lejos quedaban aquellos apuros primerizos, cuando se acercó a la estanquera. Tenía ojeadas algunas revistas subidas de tono que llegaban de la ciudad, dibujos que pasaban de mano en mano reproduciendo las escenas eróticas que se representaban en las lucernas de barro de las Brañas y que habían escandalizado al arzobispo. Y poco más. Calenturas y alborozos de adolescente. Tristán Oliveira no había visto nunca una mujer desnuda, a no ser que se cuenten como dos medias mujeres las sirenas. El día que se atrevió a presentarse en el estanco con la disculpa de comprar una caja enlatada de tabaco, Miranda Sabina pudo percibir, al primer golpe de vista, las dos horas previas ensayadas delante del espejo y la cara sulfatada con una colonia demasiado viril para su piel de imberbe. Desde que lo vio temblando como un junco al otro lado del mostrador, a pesar de la exagerada diferencia de edad, sintió por él una atracción impetuosa contra la que no intentó luchar. Tristán tampoco. Pasadas unas cuantas visitas esporádicas empezó a darle la vuelta completa a la manzana de casas un día sí y otro también para entrar y salir por la puerta de atrás que daba a una calle más discreta y solitaria. A sus dieciséis años primero se sintió inquieto, acorralado, vergonzoso de las citas sigilosas. Después aborrecía de la mecánica de los relojes que Aurora se empeñaba en inculcarle y no veía llegado el momento de retomar los trajines de la rebotica. Se había imaginado el encuentro amoroso de otra forma, más sencillo. Pero, ya puestos, dichosas complicaciones. En la relojería nada era igual que antes. En cada pensamiento, en cada conversación con los clientes, se entrometía la imagen perturbadora de la estanquera y de sus carnes. Se le hacían eternas las esperas. Le resbalaban las piezas frías de metal, peces entre los dedos febriles, ávido por desentrañar suaves engranajes que precisaban, más que los otros, de sus horas de ensayos y de errores, y eran más evidentes sus provechos. Tristán no sabría expresarlos si tuviese que hacerlo. Tampoco sería capaz de describir ahora las sensaciones desconocidas que le provocaba la hermosa Oriana. Las palabras pueden llegar a poco para referir según qué cosas.

A Amaro Oliveira le traen sin cuidado en este momento las carencias del lenguaje para reflejar los arcanos del amor y la diversidad del mundo. Le importan un bledo los ángeles o los demonios, los lenguajes y los mundos. Eran muchas las horas que se presentaban por delante antes de que cayese la noche para poder ver a Aurora. La tarde rodaba lenta como un buey de Laíño. Sigue pensando en ella. No puede concentrarse en nada diferente. Lo devuelve a la realidad el chirriar de la roldana del pozo. Tristán saca agua en un cubo de cinc y le trae una pastilla de jabón. Ha querido asearse al aire libre. Bastante había estado encerrado en las cárceles del tiempo.

Afila la navaja barbera en la lengua de cuero de los zapatones. Ante la jofaina de porcelana rebosante de agua toma conciencia de los años que ha pasado ausente. Se dispone a afeitar unas barbas de asirio que le llegan casi hasta el ombligo. Palpa con desconfianza la lámina del espejo ennegrecida por el orín, por la que pasan, lentas, dos nubes que no ve, buscando respuesta en el hombre septuagenario que lo contempla con pesadumbre desde el otro lado, en el que no se reconoce, como los animales que se miran por primera vez.

Acabó de lavarse en el abrevadero megalítico donde ahora se remojan los pájaros. Aquí se pisaban los brotes del tojo verde y los carozos del maíz para alimentar las manadas de vacas y las reatas de caballos que enseñoreaban la huerta de la casa grande de los Oliveira en días pretéritos de hartura y abundancia, mucho antes de que se derribasen cuadras y caballerizas para plantar bojes, glicinias y camelias. Les pagaban renteros en tierras de Laíño y se llenaban de grano los siete claros del hórreo y de vino las barricas panzudas de la bodega. Amaro se sentó bajo la sombra del emparrado que evocaba Aurora desde las tardes cárdenas de la muerte, con las maderas corroídas por la carcoma y devastadas por las invernadas. El alunado rostro vuelve a ver la luz del día. Observa con tristeza las barcas abandonadas a la intemperie, avejentadas como él. Las tablas alabearon bajo el calor del sol emitiendo crujidos que no escuchaba nadie y la escarcha abrió grietas y hendeduras en las que tampoco nadie reparó. Cuartearon embreados y resinas y se fueron desprendiendo en ronchas descascaradas las pinturas. Los estragos del tiempo, que trabajando sin prisa hace cucharas. Las bordas astilladas han perdido aquel tacto suave de los yugos y las uvas que le recordaba las lisuras de su amada Aurora para volverse desabridas y ásperas como la lengua de los gatos.

Se pone el sol. Sobre la capilla de Santa Lucía vuelan, obstinados, los vencejos. Por encima de la huerta de los Oliveira cruzan las últimas torcaces para pasar la noche en la hondura de las fragas. Amaro está por fin en casa. Con los suyos. Pero le faltaba todo, porque le faltaba Aurora. Pronunció su nombre. El aliento empañó el reflejo del jardín en la pátina de azogue del espejo.

Como los jardines y los espejos también tienen los sueños sus geometrías. Los indicios o premoniciones que a Amir Alfarat se le presentan esa noche no ha de saber cómo interpretarlos. Él maneja los remos de su barca. Sofía Costa va sentada en la proa haciendo sonar una gran caracola. El viento remolinea sus cabellos bajo una noche iluminada por extrañas constelaciones, demasiado próximas y brillantes, que no figuran en los planisferios celestes. Un firmamento aplastado a ras de sus cabezas, semejante a esas pinturas de las tumbas egipcias donde se representa la diosa de la noche con su torso arqueado y las alas azules, salpicadas de estrellas.

Tampoco se señalan en los mapas los pueblos con los que sueña Oriana, pero esta vez es Tristán quien la acompaña y no su padre. Caminan juntos por los senderos de un jardín geométrico. Se sientan en un banco y conversan con un paseante de barba gris que se les acerca. Dos estatuas de mármol que no alcanza a identificar custodian un pabellón enrejado y hay una gran pileta con peces. Unos niños juegan a la sombra de un tejo. Ella apenas distingue unos árboles de otros, pero en el sueño sabe del veneno que encierran los oscuros frutos rojos y se acerca para avisarlos del peligro. Se siente segura con Tristán a su lado y el aire del atardecer de este sueño le resulta respirable. Solo que en las nubes encendidas del crepúsculo que arde sobre las copas de los árboles ve cómo van creciendo formas amenazadoras e inquietantes hasta convertirse en una marabunta de insectos de cáscaras translúcidas que zumban y rugen en una plaga apocalíptica que ensombrece el cielo… Dormido en el alféizar de la ventana, el gato sonámbulo da brincos en el aire perseguido por extrañas criaturas de vidrio.

Noche de noctámbulos en casa de los Oliveira, pendientes del abuelo recuperado que recorre a grandes trancos haciendo eses los caminos de tierra de la huerta. Se sienta en una de las barcas, expectante, nervioso. Tristán no lo está menos. Permaneció a su lado, pendiente de él toda la tarde, pero ha tenido sus momentos para pensar en Oriana y en su cita en la relojería al día siguiente. Amaro sube a la casa y se pasea caviloso, con las manos a la espalda, por la solana de piedra. Ha venido a posarse la lechuza en el hórreo, una gárgola bizca con un ojo entreabierto. Regueros de la luz de la luna penetran a raudales por la galería de cristal.

Esta noche también ella apresura el paso para verlo. No ha podido encontrarlo en los pueblos ni en los páramos y llanadas de la muerte, escondido como estaba en el rincón de un sueño, esa otra muerte de a diario que nos permite descansar de ser quienes somos, sin el peso del cuerpo, que a él le costó siete años, con todas sus enteras noches, transitar. Por veces arrastramos pesadas cadenas para poder subir las escaleras caprichosas del tiempo. Precisamos rellanos para reposar los empinados pasos. Otras, corren por sus peldaños potros desbocados, sin bridas, y se nos escapan los instantes al querer apresarlos. Agua en las cavas manos.

Con los nervios y las prisas para llegar a su cita, Aurora se ha perdido. Se ha visto atravesando aguas amargas estancadas en apenumbrados saucedales de los que no sabía. No hay duda de que le queda mucha geografía del más allá por descubrir. Sobre todo, allí donde las membranas de los mundos se aproximan y se entrecruzan los caminos de los vivos y los muertos. Al final se dejó guiar por el olor de las begonias.

Se presentó radiante, tal y como Amaro la conservaba en su recuerdo. Un breve soplo de aire agitó las flores. Por un momento al menos, apelotonados ante la puerta del salón, todos creyeron verla, aunque al día siguiente no coincidían las versiones cuando se referían a los hechos ocurridos esa noche. En todo caso se retiraron pronto para dejarlos solos. En otras épocas de su vida su marido desconfiaría incluso de lo que veían sus ojos. Pero esta noche, no. Ante aquello de lo que no podemos hablar, lo mejor es permanecer callados, en un silencio en el que no pensó para sus abecedarios de poeta: el silencio del asombro.

Del fondo de un arcón de sacristía forrado de ajados terciopelos Aurora ha cogido un puñado de cáscaras de naranja cuarteadas y resecas, que se le deshacen en las manos, las mismas que habían hecho soñar a las gentes de Moreda con detener en otro tiempo el discurrir irremediable de los días. Un enjambre de pequeñas mariposas revolotea en el aire de la estancia. Huyen de su reflejo en las lunas biseladas de un espejo grabado con las iniciales de los Oliveira, se cuelan en el aparador abierto entre pocillos de porcelana floreada traídos por un tío abuelo desde el otro lado del océano, ascienden hasta los cristales tallados de la lámpara, se escurren por vetas rojas de caoba en los estantes de los libros, hacen voltear los meridianos de cobalto de una esfera armilar y descienden en remolinos por el marco taraceado de un bodegón de membrillos, para regresar en cascada de volutas de polvo que gira en torno a ellos. Un mismo estremecimiento hace reverdecer sus viejos cuerpos. En los celuloides de Barriga Verde redescubren los entresijos de un tiempo que se ahila en finas hebras para pasar por el ojo de una aguja, se retuerce sobre sí mismo como la caliza de las caracolas de Sofía Costa y estalla derramado en otros tiempos que no alcanzan a medir los relojes ni los anillos del olivo de la huerta.

La cabeza de Amaro Oliveira ha sido siempre un hervidero de ideas, a cada cual más descabellada. Quizás únicamente descansó durante los siete años de su ausencia. Él no tiene cortezas de naranja, ni siquiera relojes que ofrecerle, pero se acuerda ahora de un dibujo descolorido, plegado entre los dos volúmenes forrados en cuero de un tratado de astronomía. Lo ha trazado hace mucho tiempo para ella. Representa un árbol gigantesco que sostiene los astros de la bóveda celeste pintados sobre sus hojas violáceas, casi negras.

Siendo joven, aunque pródigo ya en ingenios y ensoñaciones, situó un gran espejo en lo alto de los arrecifes, en una tarima de madera dispuesta sobre las últimas rocas, con una polea y una rueda giratoria que le permitían orientarlo para reflejar la rotación de los astros sobre el mar. Con carboncillos de mimbre quemado iba marcando sus posiciones exactas. Después de precisas escalas y de cálculos, invertidas las imágenes del nocturno heliostato, las trasladaba a este gran pliego de papel elaborado con la corteza machacada de las moreras. Enjambres de estrellas, girándulas de nebulosas y galaxias, cometas errabundos, planetas solitarios y asteroides de hielo. Inclinado sobre la gastada escribanía familiar fue dibujando sin prisa el follaje innumerable para Aurora, recomponiendo en la intrincada fisonomía vegetal las peripecias del universo entero. Como el beato Angélico en aquel rincón del paraíso que pintó ante una Anunciación, en donde, si uno sabe arrimar la oreja, puede escuchar el burbujear de fuentes en el boscaje de mandarinos, y el zumbido de abejas, libando néctares que no son terrenales.

Apostada en su torreta del hórreo, la lechuza abre el ojo cerrado y finaliza su guardia. Ha levantado el vuelo, aletea pesadamente sobre los tejados y va a posarse en uno de los vanos del campanario. Es creencia arraigada entre estas gentes que bebe el aceite de las lámparas. En aras de la ciencia, Amaro ha querido comprobarlo varias veces tratando de dormir en el interior del templo, pero el cura no se lo permitió. Por si acaso, le daba dos vueltas a la llave de la puerta maciza de la iglesia. Desde el bautismo de la nieta no lo ha visto asistir a una sola de sus misas, pero sí que ha oído hablar de sus heterogéneas ocupaciones.

La luna se yergue sobre las Torres de Oeste. Han salido al balcón. El León sale de caza por praderas azules. Siete bueyes arrastran el carro de la Osa cargado de manzanas por los Pomares del Viento. Con el dibujo extendido sobre las losas de piedra van enumerando los astros. Un tropel de mitologías pasa girando ante ellos. Exactamente así, tal como las contemplan esta noche, aparecen pintadas las constelaciones en la copa del árbol: el cazador Orión pisoteando con sus abarcas las camelias oxidadas de la huerta, esa estrella fugaz que traza una raya de tiza sobre los acantilados, el racimo de las Pléyades hundiéndose en el mar… Terminado el recuento de los cuerpos celestes, como una de esas brumas del otoño que flotan sobre los hierbales de las Brañas, Aurora se desvanece ante los ojos de Amaro confundida con las últimas estrellas.

Decima

Alboroto de pájaros. Pasaron la noche entre las grandes hojas del castaño de Indias de la Plaza de la Leña Verde, que este año ha florecido antes de tiempo. El Tiroliro ha llegado temprano y lleva un rato sentado bajo su copa. De camino ha visto a la curandera recogiendo malvas locas, magarza y hierba mora al otro lado del río Viejo, ante los campos de girasoles, y la saludó agitando el paraguas. En la Plaza de los Arces tensan buches las palomas. Rechinan venas y medulas de bronce al desperezarse el ángel. Cantan y se responden, no se sabe desde dónde, los mismos gallos. Los vecinos de Moreda se despiertan sin prisa, como los girasoles, con el rayar del día.

En casa de los Oliveira, esa madrugada no sonaron las horas al compás en los Morez porque no los había ajustado Aurora, pero nadie notó los tañidos de las diez campanadas de las cinco ni la docena de las seis. El abuelo dormía como un leño, prendido en un sueño más breve que el de los siete inviernos. Roncaba con sones destemperados de fagot, finalizando las largas aspiraciones en un pitido sibilante de cafetera asmática. Helena persigue naranjas que ruedan por un túnel oscuro rodeado de mimosas. A medida que avanza siente que va encogiendo más y más. El olor de los racimos es intenso. Por un instante tiene la certeza de que está soñando y consigue despertarse. Cuando cierra de nuevo los ojos retorna a la guarida abovedada de flores, corriendo de nuevo detrás de las naranjas. Y así pasa la noche entera, encogiendo, despertando, suspirando; soñando, como muñecas rusas, unos sueños dentro de otros. Se despierta por fin en un momento de la pesadilla en el que no ha finalizado de crecer del todo. Sentada en la cama, frente a la mandarina del reloj, tiene la impresión de que sus piernas se han reducido de tamaño. Tristán ha recordado al despertarse su compromiso con Oriana. En los cuartos se escuchan ruidos que no son habituales en la casa a esas horas. Los padres se levantan sin prisa. Las begonias y los cangrejos pueden esperar. Amaro queda roncando, en buenas manos, a cargo de ellos y de una nieta que le ha cogido cariño en las pocas horas compartidas. Helena se entretiene mondando una naranja. Todavía sigue dándole vueltas a las dimensiones menguadas de sus piernas. Su hermano se echó a reír cuando se lo contó agobiada. Se despide. No ha llegado a ver los dos diminutos erizos de flores de mimosa enredados en uno de los mechones que le enmarcan la cara.

Cuando Oriana Alfarat baja a la calle para llevarle al relojero Tristán los dos relojes se encuentra con algo por demás extraordinario. Desde el peldaño inferior de las escaleras de granito de la entrada, pasando por la cancela negra de hierro, entre los troncos de los cipreses, una ringlera interminable de insectos disecados dibuja un largo sendero hacia las afueras del pueblo. En la coraza de algunos de los ejemplares más grandes figura rayado su nombre. Al final de la macabra procesión Oriana se encontraba frente a la casa restaurada de Valerio Quinto.

Leopoldo Pinaza la espera orgulloso ante la puerta. Pasó buena parte de la noche colocando sus bichos. Después se acicaló con esmero. Hasta se ha rebañado las patillas. No se posa una mota de polvo en él. El pelo pegado al cráneo, lamido como un becerro, el negro de la chaqueta, de sotana, y los zapatos de charol, flamantes cucarachas con hebillas. Hace ímprobos esfuerzos por sonreír con naturalidad. La invita con vehemencia a entrar en la mansión recompuesta, un santuario concebido para ella. Oriana camina titubeante a su lado, respirando aquel aire de osario, corrompido, sin hallar cosa viva donde poner los ojos. Las paredes están empapeladas con detallados murales taxonómicos, necrológicas en las que se describe el abolengo y la descendencia de cada una de las especies, con variedad de ejemplos: padres, madres, viudas, primos, hermanos políticos y demás órdenes y familias de cáscara y queratina. Dípteros, hemípteros, odonatos, coleópteros, himenópteros, lepidópteros... Trofeos de un depredador obcecado en multiplicar sin sentido un reino de pequeños cadáveres ensartados en clavos, alcayatas y escarpias aguzadas. Un muestrario de facetados ojos y crocantes armaduras, de patas dentelladas, apéndices membranosos, pedipalpos, espiráculos y mandíbulas amenazantes, élitros opacos o translúcidos, filiformes antenas desplegadas... Langostas crepusculares, zapateros hediondos de un verde crudo, herméticas chicharras, esfinges con siniestras calaveras, saltamontes de alas púrpuras, chinches inmundos, mariposas negrísimas, heraldos de malas nuevas, enmudecidos grillos de alas biseladas, insectos palo pusilánimes, arañas tumefactas, mutiladas, ambiguas gusarapas, mantis momificadas, cochinillas, necróforos, can-

táridas, ciempiés, escolopendras, escarabajos de cobre, ví-
treos, jaspeados, iridiscentes como collares de palomas, de
todos los colores del espectro. Se detuvo para mostrarle
varios escarabajos de una intensa tonalidad verde dorada.

—Los insectos se vuelven más brillantes ante la inmi-
nencia de la muerte...

Las palabras resuenan entre las mortajas de las paredes
y continúan sonando todavía confusas durante un rato.
Oriana ya no las escucha. Se transforman en insectos al
salir de su boca. Quieren ser distintas a otras pronunciadas
una tarde de otoño en este mismo sitio. Las ha escogido
con cuidado. Ha tenido mucho tiempo para hacerlo. Pero
Oriana sabe que cada uno de esos pequeños seres colgados
de los muros, aunque resplandeciesen como cabelleras de
cometas, ha muerto inútilmente entre las manos lívidas
de Leopoldo Pinaza. Prefiere no contestar a lo poco que
ha entendido. Se limita a mirarlo fijamente, con una cierta
crudeza que incluso le duele a ella. Ha dudado si dar la
vuelta y marcharse. Siente el roce de los relojes en el bolsillo del vestido y los aprieta con fuerza.

Espectrales mariposas de la seda y efímeras libélulas encontraron allí su sueño eterno. Empalados caballitos del
diablo, polillas faraónicas embalsamadas, autogiros de azules ultramarinos que sobrevuelan las umbelas de las cicu-
tas del arroyo. Los marcos de las ventanas y los cuadros
están festoneados por sartas de insectos de toda laya, de
las vigas cuelgan ninfálidas de abdomen hinchado, gruesas
como pequeñas codornices. Macaones, podalirios, atalan-
tas, antiopas y auroras decoran el rellano de la escalera. El
pasamanos, que procura no tocar, presenta incrustaciones

de conchas bruñidas de ciervos voladores, por los balaústres cuadrangulares trepan grillos catalépticos, quermes coloreados de carmín, grandes moscas de un verde metalizado, inusitadas cucarachas agrisadas como el tizón del maíz. Adornan los alizares y rodapiés del sobrado grecas de tijeretas que se cruzan, alternándose con orlas duplicadas de rombos, trenzados con mariquitas verdeoro o rojas de siete puntos. Ignoramos qué había sido del microscopio paterno, pero sumida en la penumbra de las contraventanas, en una esquina de aquella madriguera de murciélagos, conservaba la vieja Singer de pedal de la madre, una de las pocas pertenencias heredadas que no vendió al rehacer la casa. Una reliquia. Oriana pasó la mano por el lomo negro de la máquina de coser como si acariciase un animal familiar, el único asidero reconocible en una mazmorra de la que no veía el momento de escapar. Del techo, a modo de mocárabes, en forma de celdas alveolares hexagonales, colgaban enjambres de abejas, avispas y abejorros, listados de amarillo y negro, enhebrados de tanzas y sedales, remedando colmenas inmensas suspendidas en el aire, congeladas en el espacio y en el tiempo.

Leopoldo Pinaza era de pocas palabras, metido en sí, pero sabía que ahora era su oportunidad. Tragó saliva. Y fue allí, en el sanctasanctórum de su templo, nueve años después, con un nudo gordiano en la garganta, cogiéndola sudoroso de la mano, tartamudeando, balbuciendo frases entrecortadas, donde por fin le confiesa emocionado que la ama, que desde que lo miró al pie de aquellos paredones calcinados, su vida ha estado dedicada por entero a mantener vivo su recuerdo, que podría ir y volver cien veces a la India —esta parte se alargaba en halagos aprendidos de memoria—, pero que nadie sabría ver como él los insectos esmeraldas que brillan en lo profundo de sus ojos. Aturdida, Oriana, sin reponerse de tanto sobresalto, se siente más incómoda aún, intimidada. No sabe qué decir. Se suelta de su mano fría y húmeda. Intenta razonarle que ella también lo aprecia, pero que estaría bien dar a conocer esos saberes, compartirlos con los demás estudiosos por el bien de la ciencia. Se ofrece a escucharlo más sosegadamente, en otro momento, y sobre todo, en otro lugar, lejos de aquí, con alguien que los acompañase, desde luego. Esto último no sabe si lo dice o si lo piensa. Pero las respuestas que él espera, las que ha repetido hasta la saciedad, preguntándose y contestándose a sí mismo, calculando diferentes variantes y posibilidades, en imaginados diálogos interiores, no son esas. Ni se le parecen.

Leopoldo Pinaza se quedó descolocado como una cucaracha panza arriba. Sintió que su cuerpo se achicaba contraído por una inesperada rigidez. Se endureció su piel y se fue cubriendo de placas y corazas. En las extremidades le crecen pinzas aserradas, le cuartean los ojos en esquirlas y la sangre se entupe en un serrín espeso que no consigue fluir por las arterias. Se ha convertido en un insecto más, entre los otros.

Cuando se ve fuera de aquella atmósfera estancada que la ahogaba como la melaza de los atardeceres de sus sueños, Oriana respiró aliviada el olor de las naranjas de Moreda, se acordó de un relojero al que le llevaba dos relojes y agradeció que le hiriese los ojos el fulgor de una luz cruda que iluminaba las calles. De cal viva. En la que rebullían diminutos escarabajos.

Tristán lleva una hora en la relojería vacía. Lo único que no se han llevado, además de sus herramientas, es el grabado de la clepsidra. A los lados del pequeño lancero, puede distinguir en cada estante, recortados en la pared, los lugares donde estuvieron durante años los relojes. Fantasmas, engranajes de sombras. ¡Cuántas generaciones no pasaron desde las edades de Ctesibius, contando las mismas incontables horas! Legiones de relojeros ocupados en capturar los instantes escurridizos del tiempo, igual que el pelado Pinaza apresaba sus insectos, midiendo soles y lunas con un palo de sombra, una vasija de agua o una ampolla de arena. Contó hasta sesenta, sesenta veces. Quizás el día anterior Oriana no le había entendido. Tal vez no ha podido venir por lo que fuese. A lo mejor echaron a andar los dos relojes y no hace ya falta repararlos. Ha leído en los libros de la biblioteca que un reloj parado daría la hora correcta dos veces al día; en cambio, cualquier otro, por poco que adelantase o atrasase, como todos hacían, no la daría nunca. Imaginó uno en el que desde el día en que nacemos las saetas girasen al revés, remontando las horas, contando el tiempo que nos falta. Una espiral que se desenrolla y se destensa hasta llegar a su centro. Salió a airearse por la plaza. Le molesta el zureo de dos o tres palomas que se esconden entre las primeras hojas de los tocones de los arces. Leandro Grimaldi vuelve con la clepsidra incompleta para devolvérsela. Al verlo alejarse con el artilugio no recuerda ya demasiado bien de lo que hablaron. Al panadero, en lugar de un reloj de agua, le vendría mejor uno de harina. Él en quien quiere pensar es en Oriana, pero los colgantes tubulares que resuenan en la puerta del estanco le traen a la memoria los amores habidos con Miranda Sabina, las horas robadas a los relojes en mañanas como esta, cuando le miraba como no le habían mirado nunca, con sus ojos redondos de ternera.

Poco después de haber empezado su romance, para reponerse de unas fiebres tercianas que no conseguían atajar sus remedios, la especiera se marchó a pasar unas semanas con el abad de las Junqueras, el único pariente que le quedaba. Desde lo alto de los Oteros del Aire se avista lejana en la distancia la silueta fantasmal de las Torres de Oeste, al otro lado del río Grande. Y más allá, de esta orilla, en el inicio del dilatado valle, se vislumbran las Brañas de Laíño, todavía en el término de Moreda. Mares de hierba en donde pacen las manadas de bueyes entre harapos de niebla colgados de los alisos centenarios. Légamos cuaternarios, ciénagas de carrizos en las que silban las culebras, pozos sin fondo en los que se hundieron los carros con las vacas y nunca se volvió a saber de ellos. En una edificación de cantería, en medio de un pinar espeso rodeado de vastedades palustres tiene su residencia el abad de las Junqueras, tío de Miranda Sabina por parte de madre. Había sido prior en un convento a orillas del río Grande y en su juventud tradujo el *De rerum natura* de Lucrecio. Montado en un caballo ruano, al atardecer recorre al trote el bosque de los pinos. Se entretiene rezongando en voz alta nocturnos silogismos: Barbara, Celarent, Darii, Ferio, Cesare, Camestres, Festino, Baroco, Darapti, Felapton, Disamis, Datisi, Bocardo, Ferison, Bamalip, Camenes, Dimatis, Fesapo, Fresison. El caballo relincha cuando termina sus letanías. Terapias de la memoria que empieza a ver deslustrados sus espejos. Cuando la sobrina fue con él estaba a punto de dar término a su obra magna. Un grueso volumen en el que trataba de dilucidar la naturaleza genuina de la luz. Tras largas y complejas fórmulas matemáticas y espirituales —él decía que había también ecuaciones para las formas intangibles del espíritu—, afirmaba categóricamente que, puesto que ningún cuerpo puede igualar la velocidad de la luz, si esta de verdad fuese un ente físico, tampoco alcanzaría, de ninguna de las maneras, ese límite. Por lo tanto, no lo es. Y concluía: «La luz es el primer animal visible de lo invisible».

Aseguraba proceder el cosmos primigenio de una simiente minúscula que encerraba toda la información de lo que había de acontecer en los remotos eones venideros, como en una semilla oscura de manzana duermen las flores que han de brotar en cada una de sus futuras primaveras. Y defendía con vehementes argumentos estar la trama del universo constituida, no tal y como se supone, por ingentes hormigueros de galaxias, sino más bien por unos cuantos haces de ellas solamente —otra cosa, escribía, sería un dispendio innecesario—, girando alrededor de un vórtice inmensamente denso de luz negra, en el centro de una concha colosal, semejante a los buccinos de Sofía Costa, que va creciendo *per saecula saeculorum* en largas y logarítmicas espirales. Cuanto más ahondemos en las profundidades de la bóveda celeste, en sus piélagos sin fondo, más y más veces veremos, en órbitas extremas, las mismas galaxias repetidas, pero con otras apariencias, en otros momentos de sus ciclos de muerte y nacimiento. Incluso podríamos llegar a divisar los pasados esplendores y miserias de nuestra Vía

Láctea. Como en un álbum familiar de fotos o en un juego de espejos que, infinitos, multiplicasen la luz. Si existen otras conchas a orillas de otros mares, más allá de la nuestra, no podemos saberlo.

En esta altura, aparcadas las elucubraciones lumínicas, que prometían ulteriores entregas, sobre la probable fauna velocísima de un reino vedado para los ojos, despilfarraba sus noches en busca del *perpetuum mobile*, la máquina imposible del movimiento continuo que quebrantaba sus entendederas y las leyes inmutables de la termodinámica. Entre cucharadas de jarabe de quina y soliloquios a deshora del abad algebrista, tableros atestados de raras numeraciones y coros de nocturnos batracios resonando por los tremedales de juncos en los que brotan, salvajes, las orquídeas, allí pasó Miranda Sabina seis semanas, que a Tristán se le prolongaron como si años enteros fuesen. Celebraron el regreso con acrecentadas fogosidades y con más ímpetu si cabe, que cabía, tratando de recuperar el tiempo perdido. Y con unas becadas estofadas en salsa de requesón fundido con arándanos, que el clérigo le enviaba al cura párroco en una fiambrera de latón, y que nunca llegaron a su destino. Entretanto, Aurora había dejado de ocuparse del negocio y el joven Oliveira podía disponer libremente de su tiempo. Salvo quizás el librero portugués, muy pocos o ninguno de sus vecinos conocieron el motivo por el cual la botica echaba las cortinas durante un largo rato a la hora en que cerraba la relojería de los Oliveira.

Las citas derivaron en una cansera gris, de instantes y de días repetidos, hasta que dejaron de verse. Más que como a una antigua amante, Tristán Oliveira se acostumbró a que-

rerla como a una vieja amiga, e incluso estando servido del
vicio del tabaco, se acercaba al estanco para pedirle consejo
o para echar una parrafada con el pretexto de saber cuánto
costaba la lata de picadura, aunque podían pasar años sin
que variase su precio. Él era más vulnerable y le afectó mucho la ruptura porque las heridas eran nuevas. Ella también
sufrió, pero ya le había pasado de todo en la gran feria del
mundo antes de llegar a leer las manos a Moreda. Curtida
en batallas de amores y desamores sobrepuestos, sabe lo
poco que duran los días regalados, que toda la luz que ve-
mos es prestada, que el amor es eterno mientras dura.

Undecima

Al fin ha podido dirigirse Oriana a la relojería después de permanecer enclaustrada en el santuario de los mil escarabajos. Llegó a los soportales justo a tiempo para ver como Tristán, cansado de dar vueltas por la plaza, entraba en el estanco.

Bajo las hierbas sanadoras colgadas a secar, ahorcadas del cielo raso de la botica, le desvela a su confesora Miranda Sabina el enamoramiento repentino por Oriana Alfarat, por si hubiese, entre sus farmacopeas, algún remedio para aplacar sus pesares. Le habla de los grandes ojos verdes y hasta del gato de París, de los relojes y del tono asedado de su voz. ¿De la de ella, o de la del gato?, le pregunta la boticaria, por arrancarle una sonrisa. Le pide la piedra bezoar que se recoge de las vísceras de los venados muertos, que le prepare una untura en sus redomas o un electuario para reponer el ánimo reblandecido, una tisana de las pipas de los girasoles blancos, que tantos males alivian. Que le entregue para ella unas hierbas de enamorar, de esas que crecen entre las grietas de los despeñaderos. Miranda Sabina ni se esfuerza en contestarle. Lo escucha hasta que para de hablar y se pierde por la puerta de la rebotica. Vuelve con un libro grueso y gastado en forma de misal, con las tapas del color de las vincas maceradas en los alcoholes coloniales de Aurora dos Santos. Allí permaneció olvidado desde que se lo compró a uno de los vendedores ambulantes del ferial, en el tiempo en que leía las líneas de la mano. Lo presentaba abierto con sus singulares caligrafías para impresionar a los clientes, al lado de la bola de cristal en la que adivinaba los días por venir. Cuando Miranda Sabina supo que el dueño del viejo devocionario era Amir Alfarat, el hindú de la tienda de las lámparas se había marchado ya sin dejar rastro.

Siguiendo la costumbre, Tristán abandonó la herboristería por la puerta de atrás. La especiera salió con él. Se quedaron un rato conversando en el callejón antes de despedirse. Mientras lo ve alejarse con el volumen bajo el brazo, trata de enjugar dos lagrimones, gruesos como agallas de los robles, que se deslizan por sus mejillas.

Había tratado de ayudarle cuando desapareció su abuelo. Todavía en esa altura estaban juntos y no fue necesario que se lo pidiera porque comprendía lo que estaba sufriendo. Le echó las cartas, pero Amaro no salía en los naipes opacos de las barajas de las que ella sabía que se mofaba, ni en el iris agrisado de los ojos del nieto, ni en los posos del té bravo de las corredoiras, que atenúa mejor que ninguna otra hierba los dolores de vientre.

A los pocos días de la muerte de Aurora, Tristán vino también a visitarla a ver si le aligeraba la tristeza con alguno de sus bálsamos. Esta vez sí que le pidió ayuda, aunque ya habían finalizado hacía mucho la relación. Le confesó que no se había descubierto cauterio ni botica para eso. Todo lo que podía ofrecerle eran palabras y esperar a que fuesen los emplastos del tiempo cicatrizando las heridas.

Esa misma noche empezó a dejarse ver el espectro de la abuela. Mientras descansaba en su cuarto, el primero del pasillo, al lado de la galería acristalada, a Tristán lo despertó el perfume acedado de las violetas. Escuchó un ruido suavísimo similar al aleteo de un pájaro y pensó que alguno había entrado del jardín. Era verano y se dejaban abiertas las ventanas. Se asustaron los dos, pues tampoco imaginaba Aurora que pudieran verla. Al principio las visitas eran breves y no hablaba, pero después se fueron haciendo más regulares hasta llegar a manifestarse diariamente y a comunicarse con el nieto como ahora.

Miranda Sabina negó siempre tener que ver con el asunto, incluso avisó para realizar el conjuro a su tío, el abad del Pinar de las Junqueras, pero Tristán tenía la certeza de que fueron sus ensalmos y sortilegios los que le indicaron el camino de las begonias y trajeron a la difunta de regreso de entre las telarañas heladas de la muerte.

Indecisa, Oriana decidió esperar a que saliera de la tienda. Se acercó a la estatua de bronce alrededor de la que jugaba de niña. Sintió un hormigueo en las yemas de los dedos al tocar la naranja fría en la mano del ángel. Vibra tensa la goma de la comba, sube la teja rota por las escaleras del zigurat de la rayuela. Resuena una canción que no sabe que sabía. *Naranjas chinas, limones agrios, la popelina del boticario...* ¿Qué era la popelina?, y ¿para qué la empleaba el boticario? Los mismos dos pavones de hace nueve años chillan en los soportales. Veinte minutos más tarde va y viene entre arces y palomas transparentes. Tristán seguía dentro. Cruzó las teselas del enlosado, se acercó a la puerta acristalada, golpeó suavemente con el llamador, dudando si hacerlo primero, y después con insistencia, con una energía y una indiscreción que no eran habituales en ella. A través de los vidrios vio los tubos de metal, la balanza romana con sus platillos y sus pesas de bronce, el almirez, los frascos y los pomos de cerámica, las cajas de lata del tabaco. No le respondió nadie y se marchó.

Poco después Tristán regresó a la plaza. No podía esperar más. Tenía que volver a casa con su abuelo. Aunque estaba deseando verla. Y a estas alturas del relato, como sabrá adivinar el avezado y benévolo lector, que ha llegado hasta aquí y empezará a estar harto de digresiones y enredos, nuestros dos protagonistas se han de acabar encontrando; dándole tiempo al tiempo.

Amaro Oliveira lleva media mañana recibiendo las atenciones y cuidados de los suyos, las visitas de los más allegados y las de los más curiosos, repitiendo los detalles de su historia. Helena no se separa de él, tratando de desentrañar el significado de unos hechos para los que tampoco los demás tienen respuesta.

Ya se marcha Daosta, el contramaestre ciego. Se han reencontrado con abrazo de hermanos. Amaro le pregunta por sus náufragos y le cuenta lo poco que recuerda de su sueño, la serpiente que surge de la piedra y las formas informes que lo envuelven antes de su descenso hasta los siete infiernos de la nada.

Todavía el cura del pueblo no ha venido, pero a lomos de su caballo enflaquecido, viejo y fatigado como él, el abad de las Junqueras se acerca a Moreda para saludar al vecino recuperado. Se les ha hecho corto el camino entre relinchos y rezos, y memorias de antiguas cabalgadas. Dio de beber al jaco en las vaquerizas de las Torres y paró para que descansara a la sombra de los oteros, que esta tarde no están azotados por el viento. Sentado bajo el olivo, al lado de Amaro, volteando repetidamente los pulgares con los dedos entrelazados sobre la abacial barriga, se interesa el clérigo por las singulares peripecias de su sueño que dislocaba las agujas de los relojes y le recuerda el de los siete durmientes de Éfeso, o aquel más allegado de Ero de Armenteira, el monje que pasó trescientos años extasiado con el trino de un pájaro. Amaro observa el caballo, que arranca un bocado de margaritas atado a uno de los pilotes de la pérgola, y se pone más bien en el lugar del ave y en la fatigosa tarea de cantar tres largos siglos sin descanso. En otras circunstancias habrían hecho seguramente buenas migas debatiendo a propósito de los enigmas del tiempo. El abad ha reflexionado lo suyo sobre esa misma materia. A partir, no de un punto, sino de un instante de una duración indivisible, como aquellos que pretendía capturar el patriarca de los Oliveira en las películas de los buhoneros, debería ser posible, según él, construir rectas y planos, pero también tetraedros, esferas o cintas de Moebius, que serían, en este caso, artefactos meramente temporales. Elaborar, en definitiva, una geometría euclídea del tiempo. Por desgracia, las líneas, punteadas o no, que trazaban el curso de sus vidas ya no volverían a cruzarse y este no era el mejor de los momentos para discutir sobre esas excéntricas empresas.

Averiguar por qué los siete años de Amaro duraron apenas un chasquido de los dedos y en qué punto se intercambiaron de pie sus zapatones son misterios insondables por desandar. También lo es conocer el secreto que se susurran al oído las sirenas, de dónde procede el ángel de bronce de la plaza y cuál peste arrasó los antiguos naranjales. Saber cómo permaneció Moreda ajena a los avatares del mundo y qué sentido tienen las almendras que preceden a la muerte y sus primeros pueblos artificiosos y vacíos... Pero quedan, o no quedan, esos enredos para dilucidarlos en páginas venideras, que si todo se cuenta, todo se acaba sabiendo.

Se ha acercado también a visitarlo Amir Alfarat, en este caso andando. Mientras con el pulgar y el índice de una mano atornilla el bigote y con la otra dibuja garabatos en el suelo con su cayado de espino, su amigo Namasté le confiesa los secretos amores con Sofía Costa, aquel vagar sin rumbo por aldeas y ciudades, el olor que lo trae de nuevo hasta estos finisterres. De una manera u otra, al menos el hindú había vivido aquellos años. Amaro le relata los escasos pormenores de su encierro, con la certeza de haber pasado los suyos como piedra abandonada en un pozo, en tanto el mundo continuaba su curso indiferente.

Ni uno solo de los instantes que vivimos es idéntico a otro. Ni siquiera los dedos de la mano son iguales. ¿Quién llevaba el recuento de esas hojas quemadas del libro de su vida de las que ni se conservaban las cenizas? ¿Recuperaría sobre todo las noches sin Aurora? Más allá de sus burlas con los relojes, bien sabía que no, que el tiempo, o lo que sea que se nos da de balde, es lo que es, pesado en las balanzas, pero no tiene vuelta ni da crédito.

En esas obtusas consideraciones se enzarzaba Amaro cuando se encontró Tristán con ellos. Amir volvía a contemplar emocionado el libro perdido años atrás, la escritura que lo reconciliaba con los suyos. Aquellas páginas amarillas guardadas celosamente por sus predecesores, manchadas con el limo de las llanuras aluviales de Benarés, o Varanasi, como en verdad se llamaba, en las artesas barrosas del Ganges, donde fueron sus cuerpos amasados. Quizás por eso se le apareció Sofía Costa en el mercado, para ponerlo a bien con sus recuerdos, con el pasado ancestral de su estirpe. Estaba otra vez en deuda con los Oliveira. O no, porque el sentencioso Amaro se apresuró a dejar claro que no había deudas entre amigos. Tristán le pidió concertar un encuentro con su hija Oriana para poder continuar la conversación que había quedado pendiente el día de antes. Tampoco era cuestión de entrar en detalles y explicarle los motivos a su padre.

Delante de la casa de Valerio Quinto unas cuantas gallinas indias, supervivientes del edén de los Alfarat, picotean en la hilera de cucarachas. Leopoldo Pinaza mira con perplejidad los especímenes de su colección, como si no fuesen suyos, como si ya no existiese una persona en la que todos convergían para darle significado a sus tribulaciones y desvelos. Pero sin Oriana nada tenía sentido en esa casa. Pensó en raparse la cabeza, glabra en otros días. De no saber qué hacer acabó mordisqueando abejas, masticando avispas a puñados, devorando sebáceos abejorros suspendidos del techo, llorando sin poder contenerse, inclinado sobre la negrura helada de la máquina de coser, como si fuese el regazo de la madre, hasta que llegó un punto de su avanzada entomofagia en el que no comprendía si lloraba por el rechazo de Oriana o por el agraz que los himenópteros mordidos le dejaban en la lengua.

De nuevo en la casa de la duna, la cabeza de Oriana va trasegando alternativamente pensamientos luminosos y sombríos. Se acuerda de Tristán. Pero no puede dejar de compadecerse de Leopoldo Pinaza, de sus insectos funéreos preservados para la mitad de la eternidad que les quedaba por delante, pues a la de detrás llegamos todos tarde. Tenemos las extremidades cortas. Para nuestras manos breves es bastante con las dimensiones de una caricia o las de un pan. Nuestras miradas y nuestros sueños son más difíciles de contentar, porque pueden ir más allá de la esfera de los últimos astros. En la mente del arquero, la flecha dio certera en la diana antes de salir del arco. En el porvenir dudoso, después de recorrer un abanico inabarcable de posibilidades, tan inmensamente finitas como los instantes de Amaro, quién sabe si acertará o no. Así proyectamos expectativas y deseos. Los deseos son recuerdos del futuro. Si de algo podemos estar seguros es de que vale la pena perseguirlos, aunque erremos el blanco, levantar almiares, aunque los tumbe el viento, querer aun sin ser queridos, perforar el sueño acogedor de las crisálidas para explorar esa otra sustancia contigua a nosotros, áspera a veces, que llamamos mundo, como hacen las mariposas de la seda, sabiendo que van a sobrevivir apenas unos días.

Enroscado en la alfombra el gato reposa ajeno al ronroneo de los pesares de Oriana porque también tiene él los suyos. Echa de menos las raspas de las sardinas del bar de la estación del Este, en vez de la comida enlatada que le traen. Era un experto en los movimientos de los zapatos de los viandantes. Los que permanecían estatuarios en un banco, clavados con tachuelas en el pavimento. Aquellos que iban y venían inquietos, como ovejas modorras dando vueltas. Ha jugado a tratar de adivinar qué movimiento imprevisto adoptará algún viajero nuevo, si va a enfilar derecho a la cantina, apretará el paso en dirección a los retretes o avanzará indeciso hacia el quiosco. Están además los que quedan melancólicos mirando las vías paralelas que se juntan, igual que un teorema matemático, allá en la infinitud, donde espacio y tiempo se confunden. Justo por la rendija en la que a él se le escabullían los lagartos. Los días que se presentaban por delante, por de pronto semejaban monótonos, pero no pintaban mal, porque también olían a pescado y habían de tener sus regalías por descubrir. Y sus noches blancas por los tejados, para buscar pareja con las lunas del invierno, la estación más propicia para las naranjas y para los amores felinos.

Cuando su padre entró por la puerta con el libro en la mano, Oriana reposaba apoyada en la baranda del ventanal abierto. Tenía los ojos cerrados y sentía que la música podía pasar a través de ella. Desde los microsurcos de pizarra del tocadiscos, se derramaba por los otros surcos antiguos del mar verde de Moreda, más allá de la duna, el lamento desesperado de Ariadna en la isla de Naxos, abandonada a su suerte por Teseo: *Lasciatemi morire. Lasciatemi morire…* Pero tampoco sería para tanto. Había oído hablar muchas veces a su padre de ese libro que ahora le mostraba. Sabía lo que significaba para él recuperar aquellas páginas. Era como poder tocar las manos de sus antepasados.

En la huerta de los Oliveira el abuelo y el nieto pasaron juntos el resto de la tarde a la sombra de la oliva bajo la que reposa el sueño eterno de los burros Siete de Oros.

Escucharon el latido de relojes enterrados. Repasaron nombres de estrellas y de pájaros. Pero Amaro le hablaba sobre todo de Aurora. De tardes a su lado, redondas como manzanas. Y de lejanos días en el cerro de los Oteros del Aire contemplando juntos, desde su platea privilegiada, la rotación ceremonial de los girasoles.

Al anochecer vieron pasar ángeles o aves que venían del sur. Un pájaro cantó tres veces o fueron tres los pájaros que cantaron, y entretanto las sombras se alargaban entre las cuadernas arruinadas de las barcas le confesó Tristán su historia de amor por Oriana Alfarat.

—No te dejes engañar —le respondió el abuelo sin dudar—. De todos los seres invisibles que llaman para buscar refugio en la posada de nuestros corazones, tan solo el amor puede quedarse, con todos los derechos; los demás son huéspedes, gentes de paso. Vete. No pierdas un instante.

Duodecima

Y Tristán Oliveira fue a la hora acordada. Lo vio pasar Miranda Sabina por la Plaza de los Arces. Se cruzó en el embarcadero con el Tiroliro bajo el paraguas de siete parroquias azules. El sol se ahoga en las tinajas de salmuera del mar. El día está completo. Los caramujos de Sofía Costa se retuercen otra vuelta de tuerca dentro de sus conchas.

Se encontraron en el arenal de las dunas. Ella caminaba sobre las pisadas estrelladas de las gaviotas. Subieron hasta los acantilados bermejos de Mainar, donde se respira más intenso el olor de las naranjas. Una luna enorme ilumina como un anfiteatro la ría de Moreda. Sobre los campos de urnas aúllan pavos reales. En las Brañas de Laíño cantan ranas que no saben que son verdes.

Dos hombres comparten en el pueblo la misma soledad. Leopoldo Pinaza lleva desde el mediodía vagando como alma en pena por los aposentos de la casa restaurada de Valerio Quinto, mordiendo abejas, lamiendo caparazones de insectos, engullendo empalagosas mariposas. Ahora recita sus nombres innombrables. *Papilio machaon, Carabus melancholicus, Coccinella septempunctata, Cetonia aurata, Chrysolina lucida, Lucanus cervus…* Sobre el lecho de la alcoba vacía, Amaro Oliveira, recostado contra los zarcillos del cabezal de hierro, se halló definitivamente perdido en la oscuridad sin tiempo de la noche sin Aurora. Vagó por la casa en sombras, procurando no despertar a nadie. Por la ventana de Helena entran grandes peces negros. Vio su figura convexa, deformada, al pasar por delante del péndulo de uno de los Morez. Se le antojó que las figuras representadas eran ninfas y faunos que corrían por los bosques. Esperó. Le pareció que un brillo fugaz estremecía las begonias. Pero no. Siguió esperando hasta que ya no quiso esperar más. Entonces, se le ocurrió que tal vez su amigo Valerio Quinto, el último pedáneo de Moreda, podía conducirlo hasta ella. Veinte años han pasado desde su desafortunado final en un incendio que provocó al plantar fuego a sus papeles y sus libros como quien quema las últimas naves. Tiempos aquellos. Nunca hubo otro regidor después de él. Nadie mejor para guiarle por las riberas yermas de la muerte.

Amaro atraviesa el jardín entre las barcas varadas lejos de los lomos salobres del océano. El olivo sacude sus hojas sobre la yacija de Siete de Oros. Sale por la pequeña cancela de hierro sin llegar a ver el color de cobre martillado que tiñe el cielo, y tratando de dar con el difunto que había sido camarada de danzas y confesor de penas, se topó con su casa restaurada, que desprendía por las ventanas una luz amarillenta, de manteca rancia. Ignora a quién pertenece ahora el recompuesto edificio. Estaba en el umbral de la puerta, abierto a todas las visiones, deseando ver a Valerio Quinto para preguntarle cómo era aquello de morir y pedirle que lo llevase a donde estaba Aurora. Después de subir las escaleras palpando las alisadas cáscaras de los ciervos volantes que decoran el pasamanos, no se encontró con el amigo muerto, sino con Leopoldo Pinaza, con la cabeza de nuevo rasurada como una calabaza malabar, cercado por centurias de avispas de fuego sostenidas por sedales invisibles.

Así como habían hecho en los tiempos ya idos los habitantes de la villa, Tristán y Oriana decidieron arrojar al mar desde la cresta del cantil los dos relojes dorados de los hermanos Pan y el suyo de plata, detenidos en el meridiano de las seis. Tardaron en llegar al fondo del abismo y relumbraron en un último destello antes de chocar con el estruendo de una tormenta colosal contra la lámina metálica del mar, haciéndola vibrar como si rodasen por ella los redondos Oteros del Aire, y el mar y el tiempo combatiesen allá abajo, en las sentinas de una noche de bifaces de sílex, con sus ejércitos poderosos, más viejos que los hombres. Se desató al pronto un viento huracanado que descargó una granizada insólita de granos gruesos como huevos de perdiz, un aguacero de pedrisco violeta que los obliga, aún no repuestos del estampido atronador que hizo temblar el mundo, a bajar apresuradamente por la pendiente abrupta e inexplorada del precipicio, tratando de no despeñarse, para buscar refugio entre las espeluncas del acantilado. Tras ellos iba quedando un siseo levísimo de sedas antiguas, tejidas por orugas somnolientas, al rozar con las flores verticiladas de los brezos.

Removidos unos matojos erizados de aulagas que la ocultan, se encuentran ante una angosta grieta que se abre a plomo entre las lastras. Buscan cobijo dentro de ella de la lluvia que arrecia, avanzan unos pasos y se encuentran sumidos en la más absoluta oscuridad, en el vientre del monte abovedado. Tristán risca en la tiniebla uno tras otro los tres únicos fósforos de la caja de cerillas que lleva en el bolsillo para encender sus cigarros y en el recinto apenas iluminado por la exigua luz alcanzan a ver durante breves instantes como refulgen las naranjas. Después todo vuelve a estar a oscuras. Se detienen, incapaces de ver por dónde pisan. Les cuesta respirar. Un perfume agreste y penetrante inunda el aire, impregnado de esencias embriagadoras. De repente el resplandor de la luna llena se cuela a través de cien rendijas abiertas en el acantilado y contemplan asombrados el prodigio del bosque subterráneo iluminado, oculto bajo el caparazón de la montaña. En sus entrañas crecen árboles robustos, gigantescos, de frondosas ramas y hojas de un verde oscuro que lo recubren todo, colmados de frutas fragantes y doradas, estallidos de pequeños soles que exhalan por toda la caverna sus aromas. En grutas más pequeñas abiertas en la roca brotan vástagos nuevos, vigorosos. Oriana toma una naranja que cuelga al alcance de su mano de uno de los árboles más viejos y la monda. Se reparten los gajos. El sabor les resulta irreconocible, de frutas antiquísimas que con lentitud han ido madurando, concentrando cada hilo de sol recogido en la penumbra de las cárcavas. Las gotas de lluvia que se filtran desde el techo de piedra estallan al chocar sobre las pozas de agua negra, arrastran las cortezas de naranja hasta un reguero que se pierde en las profundidades de la tierra. Aquí están las hespérides, los pomos de oro de la montaña hueca de Mainar, el oculto paraíso en donde se preserva el nombre antiguo de Moreda: El Naranjal.

Los vecinos, estupefactos, aprietan las narices contra las ventanas anebladas en las que repican oblicuas las piedras

166

moradas del turbión. Todos no. El contramaestre Daosta ha doblado varias veces el cabo de Hornos y pasado tempestades mucho peores que esta. Le gusta sentir en el rostro las ráfagas impetuosas de las galernas, así que decidió bajar con su grumete el Tiroliro hasta el embarcadero. Ruge el mar. Empapados debajo del paraguas azul agitado por el viento, en el que rebotan los pedruscos coloridos, solamente ellos lo pueden ver por un instante entre estertores y relámpagos. El Tiroliro con sus ojos de niño. El contramaestre con sus ojos de mármol. El galeón fantasmal de las velas rotas que esparciera luminarias por la ría retornaba al fondeadero matricial cargado de naranjas. Después de haberse extraviado en las calimas de océanos sin nombre. En naumaquias del tiempo.

Hay una fotografía antigua de Moreda realizada aquí que está expuesta en el ayuntamiento. Es un día claro y el sol reverbera sobre la superficie del mar. Entre los que desde el puerto observan la arribada de los barcos alguien lleva un paraguas de doce ballenas idéntico al del Tiroliro. No podemos distinguir en la imagen granulosa la cara desvaída. El gabán desgarbado podría ser el suyo, pero no ha de ser él, porque tendría en esta altura de su vida una edad centenaria.

Huele a tierra caliente, fecundada por la tormenta, a fuego mineral, a rueda de molino moliendo en piedra viva. La escorrentía arrastra los relojes rotos hacia el mar, se desbordan los canales formando charcas de limo colorado. Tan de repente como empezó, ha parado de llover. Las lajas de los caminos van quedando como lomos de animales desollados, manchados por rescoldos de carbunclo y amatista. Los tamariscos han perdido sus hojas. En la Plaza de la

Leña Verde las raíces desenterradas del castaño de Indias respiran por primera vez el olor de las naranjas. Hasta el ángel de bronce está por batir las alas ensopadas. Después del diluvio, una liebre desorientada asomó las orejas entre los brezales rastreando nocturnos arco iris.

Ninguno sabe nada del otro, pues no se han visto nunca. Amaro Oliveira y Leopoldo Pinaza no compartieron quejas, confidencias ni recuerdos. Sentados en el parqué del piso guardan silencio, iluminados por las abejas encendidas. Cada uno piensa en el ser que le faltaba, y en el momento en que comenzaban a arder las cortinas de estameña y se miraron, los dos pensaron en lo triste que es morir entre gente ajena. El pelado Pinaza estaba convencido de que la vida que se acababa allí era otra de las metamorfosis de sus bichos, una dolencia necesaria y pasajera. Amaro se figuró que todo lo vivido había sido un sueño, que seguía soñando de niño en un cuarto de paredes de piedra, sobre un jergón de hojas secas de maíz. Después el fuego hizo lo que mejor sabía, porque ya lo había hecho antes. En un abrir y cerrar de ojos se dividió en un millar de serpientes enroscadas, reptó por los rodapiés y trepó por los papeles de los muros. Retorció antenas, élitros y tarsos, reventaron globos oculares ocelados, royó con dientes de rubí los balaústres, las cornisas biseladas, que como estopa ardieron, crepitaban tablas, tarimas y listones, se desplomaron cascotes, travesaños, estallaron las tejas abrasadas y las mismas llamaradas de antaño reducían a escombros y cenizas la casa que un día fuera de Valerio Quinto.

Una espesa columna de humo negro se recorta contra el fondo del pueblo. Ya toca el sacristán las alborotadas campanas. Se cierra la taberna. Tristán y Oriana vieron la humarada de regreso en la cumbre de los acantilados y a la carrera allá se dirigieron.

Todos cuantos se reúnen alrededor de la casa de Valerio Quinto enmudecen ante lo que tienen delante. El esqueleto negro de una vivienda que ardía por segunda vez. Sobre las piedras candentes, requemadas, hervían los últimos pedriscos violáceos. El escarabajo cornudo de la veleta se contrajo en una larva arrugada, incandescente, pegada a unos tizones encendidos, y por entre las traviesas tachonadas de ascuas, pulsantes como granos de granada, aparecía al descubierto la estructura carbonizada de la casa, un arrasado cadaval donde se encontraron una máquina de coser y los cuerpos de Leopoldo Pinaza y Amaro Oliveira.

A Amaro fue fácil reconocerlo. Apretaba en la mano un papel chamuscado con el nombre de Aurora caligrafiado debajo de unas hojas negras punteadas de estrellas, que incomprensiblemente no ardió. El caso de Leopoldo Pinaza fue más complicado. El cuerpo negro, tiznado, cubierto por un manto de sucesivas capas superpuestas de insectos petrificados, semejante a un ídolo de obsidiana, retrasó la identificación, pero Oriana lo reconoció nada más verlo. Guardaba una lente ahumada en un bolsillo y en el otro un escarabajo achicharrado, de reflejos dorados. A las puertas de la casa quemada de Valerio Quinto, tanto Tristán como ella se consolaron mutuamente. No se dijeron nada. Cada uno asumió a su manera la muerte de su muerto, porque imaginaban que de algún modo ahí se acabarían sus pesares.

Requiem aeternam dona eis, Domine, et lux perpetua luceat eis. Resuenan graves las voces en el templo abovedado. Para ayudar al cura vinieron otros de las parroquias vecinas y vino también el abad de las Junqueras a concelebrar los funerales, que congregaron a hombres y mujeres llegados de los alfoces y de las aldeas del maíz, de los pueblos limítrofes. En tono reposado y solemne, en la exposición de la homilía, no sin hacer antes un sentido panegírico de los difuntos, aseguró que nada somos sino sombras que se deshacen en el agua y que se podría probar, por medio de los adecuados silogismos, que el universo, ya de por sí suficientemente infinito, seguiría siendo igual de infinito después de la trágica desaparición de las dos personas que estaban allí de cuerpo presente, pero que más allá de las leyes frías de la lógica y de la cosmología estaban las leyes del alma, que no las consiguen medir los mismos algoritmos, y que Amaro Oliveira y Leopoldo Pinaza dejarían para siempre un vacío irremplazable en la memoria de todos los que se reunían para honrar su muerte y para mostrar su desconsuelo por tan señaladas pérdidas. En el momento de entonar el *qui tollis peccata mundi* del agnusdéi, se desmandaron las lengüetas del armonio en bruscos e imprevistos *staccatos*, y ante el estupor del oficiante y de los feligreses, un hermoso pavo real entró por debajo de las arquivoltas del pórtico de la iglesia con su Virgen y su Niño, sus Magos y sus corceles, y avanzó hasta las gradas del presbiterio levantando el lambrequín azul turquesa. Fue ventar el olor del incienso, o el de la cera derretida en los cirios y blandones, y echar uno de sus gritos estridentes, que recorre los cristales del vitral y los oros viejos del retablo, rebota en la media naranja de la cúpula y después de ondear los óleos estancados en la quietud de las lámparas hace estremecer las colgaduras de los catafalcos, las cuentas de la araña votiva de los Alfarat y el halcón en la mano del santo, o la paloma. El ave dio una ceremoniosa media vuelta y salió abanicando la pedrería de las plumas oceladas entre apresurados paternósteres y avemarías. Los vecinos escucharon la prédica sin nada comprender, pero sonaban tan bien aquellos latinajos que le pidieron al abad un epitafio que, como la Trinidad, fuese uno y trino a un tiempo, para honrar a las tres personas que murieron de la misma muerte y por el mismo fuego, en la casa de Valerio Quinto, el último de los regidores de Moreda. Se colocó la placa epigramática en latín, tras derribar lo poco que restaba de la vivienda, porque era visto que un edificio que ardió dos veces habría de ir, irremediablemente, si se reconstruía, también a por la tercera.

Tras pasar el tránsito inexorable por los espacios descoloridos que siguen a la muerte, Amaro se encuentra con Aurora. De momento ha dejado en pausa sus relojes con la condición de que por un tiempo él se olvide de sus barcas. También en el más allá se ponen condiciones. Desde los Oteros del Aire contemplan el giro de los millares de cabezas florales siguiendo el curso del sol, una pavana cadenciosa y lenta, semejante a la que está a punto de arrancar el pie adelantado del san Julián en su retablo. En noches consteladas de otros astros escuchan el fragor de las olas que vienen a morir desde que el mundo es mundo contra los farallones bermejos de Mainar… Ya lo está buscando Valerio Quinto para brindar con vino nuevo de las vides que crecen en la tierra de los muertos. Navegará algún día hasta las islas a la deriva con el contramaestre Daosta al rescate de sus náufragos dormidos bajo manzanas transparentes. Por vastas praderas de asfódelos pasta el burro Siete de Oros, libre de ronzales y de alforjas. Amaro se ha tropezado por fin cara a cara con los ángeles. Van calzados con las mismas alpargatas que el de la Plaza de los Arces y se le ha ocurrido preguntarles, por entablar conversación, si también ellos envejecen, pero le replicaron en una jerga incomprensible y bulliciosa que le recuerda el canto de los orioles: Afhluio Fio Fluhio Iioo. No comprende sus respuestas. Quizás el Tiroliro las entienda. El pelado Pinaza se entretiene paseando con sus zapatos de charol por los celestes jardines, clasificando en ellos, según la nomenclatura del *Systema naturae* de Linneo. Ángeles, arcángeles, tronos y otras entidades incorpóreas de las alturas, pues ya se sabe que pertenecen a diferentes órdenes y, como la mayoría de los insectos, tienen élitros.

Helena, la pequeña de los Oliveira, fue creciendo y a su tiempo se le pusieron unas piernas torneadas detrás de las que perdían los ojos los mozos de Moreda. El reloj con forma de naranja de su cuarto continuó funcionando sin que hasta hoy fuese preciso darle cuerda. Demetrio Lobos, una vez que se murió Lisandro Pan, reconoció como hijo suyo a Rinaldo, concebido sobre las tumbas de Santa Lucía, bajo las alas incansables de los vencejos, y le dejó en herencia la posada del fin del mundo. Amir Alfarat le agradeció la recuperación del breviario de sus ancestros a Miranda Sabina, que al cabo era quien lo conservó. Su amistad se había de mantener durante años. La tabaquera volvió a invocar con sus lerias a los muertos, o al menos sus olores, para dejarle sentir de cuando en cuando el aroma de romero de Sofía Costa. Alguna vez viajó con Oriana por caminos herrados en el viejo tren de las llanuras a las tierras del levante, pero siempre regresaron a estas otras donde se oculta el sol, porque sus pasos se encontraban ya determinados antes de que las hélices fuesen trazadas en la caliza de las conchas.

Una noche de San Juan, entre las llamas y algazaras del solsticio, alguien arrastró hasta el mar las barcas de los Oliveira. Dicen que flotaban juntas más allá de la bocana de la ría, bajo las últimas estrellas de Orión.

Moreda permaneció donde siempre había estado, en el ángulo de la desembocadura del río Grande, las casas como gaviotas al pie del arenal, contemplando el flujo perpetuo de las aguas. Y ocultas en los algares de sus roquedos escarpados siguieron creciendo los naranjos que perfumaban los cielos cítricos de la villa sin que sus moradores lo supiesen.

Sí que sabían bien nuestros dos amadores, Oriana y Tristán, que las esclavitudes del tiempo solo pueden ser vencidas por el amor. Y por eso vivieron todavía largos años ajenos al latir monocorde de los relojes. Se secaron las aguas en la clepsidra de Ctesibius y quedaron los Morez del caserón de los Oliveira parados en las seis. Así podían marcar al fin la misma hora. Al gato acabó cayéndole bien el mozo hablador que cautivó a su ama y vivió con los dos sus años y modorras de felino, a la orilla de aquel mar verde como una campana antigua, rebosante de sardinas plateadas que mojaban el pan y vaya si no dejaban macilentas en el recuerdo a las francesas.

173

Mientras el Tiroliro, igual que una figura huida de las barajas de la Taberna de los Lobos, deambula por las calles desiertas, al socaire de su paraguas del color azul de los pavos reales, algunas veces a Tristán lo despierta el olor del agua de lilas de la difunta Aurora en la alta noche. En esos momentos sospecha estar atrapado en un bucle sin fin, como las espirales de las naranjas de la pequeña Helena en los almuerzos de antaño. Y piensa si quizás Moreda y su ángel de bronce, que se sigue arrugando con los años, Oriana y él mismo no estarán siendo escritos o soñados para entretener las horas que se alargan por los bordes de los relojes (Prima, Secunda, Tertia…) por alguien que apacienta bueyes de oro a la sombra de los viejos alisos de las Brañas de Laíño. Pero nada de esto ya en verdad le importa, si sigue despertando con Oriana a su lado mil y dos noches más. Con la fragancia de las primeras flores de naranjo que se abren en la luz de la mañana.

Nota de los autores

En esta traducción al castellano se modificó el texto original, se ha prescindido de algunas partes y se añadieron otras, incluso hemos cambiado el nombre de varios personajes, pero como el secreto del corazón de rubíes que late en los relojes, creemos que sigue preservando el alma de aquellas *Tonas de laranxa* escritas en gallego.

«La luz es el primer animal visible de lo invisible» es una cita del poeta cubano José Lezama Lima. Siete de Oros, el nombre del burro pedrés de Aurora, está tomado, como se sabe, de un magnífico cuento del novelista brasileño João Guimarães Rosa. Hay ecos de otros autores a lo largo de estas páginas. El lector sabrá reconocer sin duda esas palabras que pedimos prestadas.